全国高职高专教育规划教材

U0131706

艺术设计职业素养课程教材

摄影基础与实践

Sheying Jichu yu Shijian

基础知识 + 艺术摄影 + 商业摄影

主　编　孔伟

副主编　苏澄　刘耀先　王慧

高等教育出版社·北京
HIGHER EDUCATION PRESS　BEIJING

内容提要

　　本书是全国高职高专教育规划教材。本书共分七章，内容包括：摄影认知、摄影器材、摄影技术基础、摄影用光、摄影构图、商业摄影实践和数字图像处理。全书融摄影基础知识、艺术摄影和商业摄影于一体，力求反映现代数码技术下的摄影教学理念。在知识体系上，采取了传统与现代融合、拓展、创新的原则。内容安排由浅入深、由部分到整体，理论与实践并重、艺术与技术兼容。本书配有丰富的案例，并在摄影实践（商业摄影）环节提供了实用的技术、技巧指导，充分体现高职教育能力和素质综合培养的特点。为帮助学习者自学与实训，每章后面附有本章小结和思考与练习，对培养学生观察能力、拍摄能力、实践创新能力具有较强的指导性与实践性。

　　全书结构严谨，内容新颖，图文并茂，注重理论阐述与实践操作的结合、艺术创意与表现技法的结合，有较强的科学性、实用性和操作性。

　　本书既可作为艺术设计类专业培养高等应用型、技能型人才的教学用书，也可作为摄影专业学生的专业参考书及培训用书，还可作为摄影爱好者的有益读物。

图书在版编目（ＣＩＰ）数据

　　摄影基础与实践 / 孔伟主编 . -- 北京 ： 高等教育出版社，2012.4
　　基础知识 + 艺术摄影 + 商业摄影
　　ISBN 978-7-04-034562-9

　　Ⅰ . ①摄… Ⅱ . ①孔… Ⅲ . ①摄影技术 - 高等职业教育 - 教材 Ⅳ . ①J41

　　中国版本图书馆CIP数据核字 (2012) 第022769号

策划编辑　季　倩	责任编辑　季　倩	封面设计　张　楠	版式设计　于　婕
责任校对　刘春萍	责任印制　胡晓旭		

出版发行	高等教育出版社	咨询电话	400 – 810 – 0598
社　　址	北京市西城区德外大街4号	网　　址	http://www.hep.edu.cn
邮政编码	100120		http://www.hep.com.cn
印　　刷	北京佳信达欣艺术印刷有限公司	网上订购	http://www.landraco.com
开　　本	850 mm×1168 mm　1/16		http://www.landraco.com.cn
印　　张	11.5	版　　次	2012年4月第1版
字　　数	280 千字	印　　次	2012年4月第1次印刷
购书热线	010 – 58581118	定　　价	37.80元

前言

　　摄影是一门科学、一门艺术，同时也是信息传播的重要手段之一。21世纪以来数字技术的出现引起了摄影领域的重大变革。传统影像、数字影像和计算机图像处理等构成的新影像技术，成为现代摄影在高新技术领域发展的主流。系统地介绍摄影的最新应用技术，提供专业摄影表现的训练方法，帮助学习者掌握摄影知识和提高摄影能力，是我们编写本教材的目的。

　　本教材的编写人员是具有扎实的摄影理论知识和丰富的拍摄经验，并且长期在高校担任摄影教学工作的资深教师。本教材的最大特点是对技术、技巧进行详细的说明，力求理论联系实际，注重理论对实践的直接指导作用，结合高等职业技术教育的培养特点，强调技术的实用性和创造性。

　　为帮助学习者自学与实训，本书通过实例分析，在一些关键知识点上设有重点提示，每章后面还附有本章小结和思考与练习题，对培养学生的观察能力、拍摄能力、实践创新能力具有较强的指导性与实践性。

　　本教材第一章、第二章、第七章由王慧编写，第三章、第四章由刘耀先编写，第五章由孔伟编写，第六章由苏澄编写。全书由孔伟任主编并负责统稿。本书另提供电子教学资源，请有需要的读者联系本书责任编辑索取，电子邮件地址：jiqian@hep.com.cn，QQ：108578077。

　　由于我们水平有限，且时间仓促，书中难免有疏漏和欠妥之处，敬请摄影界的专家、院校的师生和广大的读者予以批评指正。配合教学需要，本书借用了少量图片作品用于讲解基本知识，在此谨向作品的原作者表示衷心的感谢！

编　者

2012 年 1 月

目　录

第一章　摄影认知　　　　　　　　　　1

第一节　摄影术的诞生与发展　　　　　　2

　暗箱的发明 / 感光材料的发现 / 摄影术的发展

第二节　摄影艺术的特性与应用　　　　　5

　摄影的特性 / 摄影的应用 / 摄影的社会功能

思考与练习　　　　　　　　　　　　　　12

第二章　摄影器材　　　　　　　　　　13

第一节　照相机的种类及基本结构　　　　14

　相机的种类 / 照相机的工作原理 / 相机的基本结构

第二节　感光材料和感光元件　　　　　　19

　感光元件的类型 / 影响感光元件的因素

第三节　数码照相机的基本操作技巧　　　20

　数字摄影中的专门术语 / 数码照相机的基本操作

第四节　摄影附件　　　　　　　　　　　33

　滤镜 / 其他摄影附件

思考与练习　　　　　　　　　　　　　　36

第三章　摄影技术基础　　　　　　　　37

第一节　镜头焦距的作用和表现　　　　　38

　什么是焦距 / 镜头的分类 / 不同焦距镜头的表现

第二节　快门、光圈的控制和作用　　　　45

　快门速度与拍摄效果 / 光圈的控制和作用

第三节　景深的控制和作用　　　　　　　49

　景深和光圈 / 景深和镜头焦距 / 景深和摄距

第四节　摄影曝光的控制和作用　　　　　52

思考与练习　　　　　　　　　　　　　　54

第四章　摄影用光 　　　　　55

第一节　常见可见光的种类及特点 　　56

　　自然光 / 人造光源

第二节　摄影用光的基本要素 　　　60

　　光的位置角度 / 光的基本性质 / 光在摄影中的作用

思考与练习 　　　　　　　　　78

第五章　摄影构图 　　　　　79

第一节　拍摄位置的确定 　　　　80

　　拍摄距离 / 拍摄方向 / 拍摄高度

第二节　画面构成的形式元素 　　88

　　点、线、面的造型作用 / 影调、色彩与质感的表现 /

　　主体与前景、背景的关系

第三节　摄影构图的形式规律 　　105

　　对比与呼应 / 对称与均衡 / 虚实与空白 / 常见的构图方法

思考与练习 　　　　　　　　　114

第六章　商业摄影实践 　　　　115

第一节　人物摄影 　　　　　　116

　　人像摄影的器材 / 如何拍摄出色的人物照片

第二节　景观摄影 　　　　　　128

　　自然风景的拍摄 / 建筑摄影的拍摄 / 景观摄影的构图

　　技巧 / 景观摄影一些有用的提示

第三节　静物摄影 　　　　　　147

　　静物摄影的器材 / 自然静物的拍摄 / 影室静物的拍摄

　　技巧 / 静物摄影构图

思考与练习 　　　　　　　　　160

第七章　数字图像处理 　　　　161

第一节　数字图像的一般处理 　　162

　　数字图像的裁剪和尺寸调整 / 数字图像颜色的校正 /

　　彩色图像的黑白处理 / 数字图像的修正

第二节　数字图像的特殊处理 　　173

　　数字图像的合成 / 数字图像的拼接

思考与练习 　　　　　　　　　176

参考文献 　　　　　　　　　177

第一章 摄影认知

第一节　摄影术的诞生与发展

第二节　摄影艺术的特性与应用

学习目标 （本章建议课时：4 课时）

知识目标：

- 了解"日光蚀刻法"、"银版法"等早期摄影技术。
- 掌握摄影的概念、摄影的应用和摄影的功能。

能力目标：

- 能够熟知摄影的发展历程和重要史实。
- 能够阐述摄影的特性和功能。

　　早在远古时代，人类就在岩石上留下了原始绘画，尽管绘画的手段不断被丰富，绘画的技艺越来越高明，但始终无法达到逼真再现客观世界的程度。直到 1839 年摄影术的诞生，人类才具有了一种新的手段，从此可以对客观世界进行真实的记录和再现。

　　科技与艺术的结合孕育了摄影艺术独特的文化品格，它以其独特的魅力为丰富人类精神领域作出了特殊贡献。在数字技术飞速发展的今天，摄影更以其丰富的艺术创造力发挥着巨大的作用，它以崭新的面貌走进现代人类生活的每一个领域，并以其特有的属性如成像快捷性、操作技术的简便性等吸引了越来越多的摄影学习者。

第一节　摄影术的诞生与发展

一、暗箱的发明

　　摄影术的基本原理来自"小孔成像"这种光学现象。小孔成像的光学现象在古代东西方都已经被人发现。中国春秋战国时期的哲学家墨子的著作《墨经》中就已经有关于小孔成像的文字记载。大约在公元前 330 年左右，古希腊哲人亚里士多德（Aristotle，公元前 384– 前 322 年）也已经发现小孔成像的现象。

　　在文艺复兴时期，艺术巨匠达·芬奇（Leonardo Da Vinci，1452–1519 年）于 1490 年为我们留下了有关"暗箱"的文字记载，照相机的原理就是在这个叫"暗箱"的光学器材的基础上逐步完善起来的。到 17 世纪时，暗箱已经在很大程度上具备了现在意义上的照相机的形态（图 1-1-1）。

● 图 1-1-1　摄影暗箱

二、感光材料的发现

　　暗箱发明以后，人们开始寻找如何将影像长久固定下来的方法。人们梦想中的摄影术就是要把经由暗箱这个成像装置获得的影像通过光学的、化学的方式来加以固定，以达到描绘、模拟、保存形象的目的。人们意识到这需要在化学上有所突破。1614年，有人记录了硝酸银在受到阳光照射后会变黑的现象。1757年，意大利人贝卡利发现了氯化银的感光性能。1819年，英国天文学家赫谢尔爵士（John Herschel）使已感光的氯化银固定下来，发明了定影法，从而可长期保存影像，其方法一直沿用至今。

● 图1-1-2　牵马少年　晒版照片　尼埃普斯　1825年

三、摄影术的发展

1. 日光蚀刻法

1822年，法国一名印刷工人尼埃普斯（Nicephore Niepce，1765-1833年）将沥青溶液涂在锡与铅等金属的合金板上，用浸过油呈半透明的原稿贴在涂层上曝光，结果受光部分变硬，因遮挡而未受光的部分用熏衣草油洗去露出金属板后，在较暗的金属板上呈现出了与原稿相似的正像。尼埃普斯将这个方法称作"日光蚀刻法"，又称"阳光摄影法"。1825年，他用此法在石板上制作了《牵马少年》晒版照片（图1-1-2），这是世界上第一张照片，画面翻拍了一幅17世纪的荷兰版画。1826年，他将这种涂有沥青的合金板放在暗箱中，将镜头对准工作室的窗外，经过8小时的曝光后，获得了世界上第一幅永久保留下来的经感光而成的照片《窗外》（图1-1-3）。在这张正像上，左边是鸽子笼，中间是仓库屋顶，右边是另一物的一角。由于受到长时间的日照，左边和右边都有阳光照射的痕迹。

● 图1-1-3　窗外　尼埃普斯　1826年

赫谢尔爵士为摄影术的发展做出了重大贡献。他在1819年便发现苏打水里的低亚硫酸可以溶解银盐。不仅如此，赫谢尔还是"摄影"、"负片"、"正片"等名词的首倡者。他把用相机记录整个影像的活动称为"摄影"（Photography），这个词是由"光"（photo）和"描绘法"（graphy）组成，即"用光描绘的方法"。

2. 达盖尔银版法

法国人达盖尔在尼埃普斯"阳光蚀刻法"的基础上继续使用金属板进行试验。1837年5月他把已曝光的碘化银铜板放在加热的水银上熏，影像便得到加强和显现，呈现出细致的灰白色影像。达盖尔把这种固定显影的方法命名为"达盖尔银版摄影术"。"银版"照片上的影像实际上是水银浮雕，它

● 图1-1-4　画室　达盖尔银版法　达盖尔　1837年

● 图1-1-5　巴黎寺院街　达盖尔银版法　达盖尔　1839年

● 图1-1-6　巴黎林荫大道的风景　卡罗式摄影法　塔尔博特

● 图1-1-7　开着的门　卡罗式摄影法　塔尔博特

无比细腻，具有很高的清晰度和丰富的色调层次。《画室》（图1-1-4）是达盖尔在摄影室内用自然光拍摄的照片，这是存世最早的"达盖尔银版法"照片，也是世界上第一幅静物照片。《巴黎寺院街》（图1-1-5）是达盖尔的经典之作，由于曝光时间长达数分钟之久，因此画面上很难留下人的行迹和身影。

1839年8月19日，法国科学院和美术院联席会议向全世界公开了"达盖尔摄影术"，并将摄影术的发明专利颁布给达盖尔。**这一天也成为摄影术的诞生纪念日。**达盖尔银版摄影法的发明开辟了人类视觉信息传递的新纪元，使摄影成为人类在绘画之外保存视觉图像的新方式。

3. 卡罗式摄影法

在19世纪初的摄影先锋中，英国的威廉·亨利·塔尔博特（Fox Talobt 1800—1877年）占有特殊的地位，1835年他成功地将底版上的影像固定到纸质相纸上，发明了由负片转化为正片的方法——"卡罗式摄影法"，又称为"塔尔博特式摄影法"。图1-1-6和图1-1-7便是塔尔博特用卡罗式摄影法拍摄的照片。从影像质量讲，这种摄影法清晰度差、画面层次少、影纹粗糙，但它能用负片反复印制正片，这是达盖尔式摄影法所不及的，也是今天我们所用的摄影方法的基础。

4. 火棉胶摄影法

在19世纪50年代火棉胶湿版工艺出现之前，银版法一直是最主要的摄影技法。1851年，英国雕刻家阿切尔（Frederick Scott Archer）发明的"火棉胶摄影法"（图1-1-8）是摄影术的一大进步。火棉胶摄影法的最大优点是既能拍摄出像达盖尔式摄影法那样清晰的影像，也能像卡罗式摄影法那样能进行反复印制，如图1-1-9便是用火棉胶摄影法拍摄的照片。火棉胶摄影法曾在世界各国流行了20多年，成为摄影史上一个比较重要的摄影技法。

● 图 1-1-8　用火棉胶摄影法拍摄的照片

● 图 1-1-9　欧仁妮皇后　火棉胶照片　佚名

5. 胶片的问世

美国伊斯曼干板公司的创始人伊斯曼（George Eastman）于 1888 年仿照卡罗式摄影法制作出明胶胶卷，奠定了当代摄影术的基础，摄影从此进入千家万户。

6. CCD 感光材料

20 世纪 70 年代开始，以影像处理技术、远程数据通信技术、多媒体技术为代表的电子时代来临。1986 年，美国柯达公司首先将电子感光材料（CCD）应用于照相机，人类摄影史从此翻开了崭新的一页。

第二节　摄影艺术的特性与应用

摄影艺术是现代平面造型艺术的一个分支，是一门年轻的艺术种类。摄影者运用摄影器材，通过光线、影调、色彩、构图等造型手段塑造艺术形象，反映社会生活和自然现象，借以表达一定的思想情感，实现宣传、教育等社会功用。

一、摄影的特性

人们对摄影特性的认识是在长期实践中逐渐形成的。摄影的物质手段决定了其具有纪实性、瞬间性、科技性、形象性等特性。这些特性是摄影区分于其他艺术、技术门类的最主要特征。

1. 纪实性

与绘画相比，摄影的影像是逼真的，这种逼真源于它所使用的器材的性质。拍摄者经过种种选择，按动快门，景物的反射光经过镜头在胶片或影像传感器上聚焦成像，影像和景物之间形成一种直接、具体的对应关系，这就是摄影艺术的基本特性——纪实性。也就是说摄影者借助摄影器材，通过摄取客观对象来完成自己的创作，作品中的形象记录着被摄对象的客观信息，保持着对象自身完整的构成形式，具有较强的客观感、真实感和可信度（图1-2-1、图1-2-2）。

世界抓拍大师法国摄影家亨利·卡蒂埃-布列松在1952年以"决定性瞬间"为书名和序言标题出版了他的摄影作品选集。此后，《决定性瞬间》成为摄影美学经典。图1-2-1是布列松早期的代表作之一。斯维勒是西班牙的一个小镇，画面最近处是一个撑着双拐的残疾儿童，他身后跟着的正在嬉戏的孩子们有着不同反应。其中一个坏小子甚至想要恶作剧，被另一个孩子抱住。照片拍摄得十分生动，结构也相当严谨完整。

● 图1-2-1　斯维勒　布列松

图1-2-2《饥饿的苏丹》这张震撼世人的照片为摄影师凯文卡特赢得了1994年普利策新闻特写摄影奖。画面中一个苏丹女童跪倒在地即将饿毙，而兀鹰正在女孩后方不远处，虎视眈眈等候猎食女孩。

● 图1-2-2　饥饿的苏丹　凯文卡特　1994年

2. 瞬间性

瞬间性是摄影艺术的又一个重要的审美特性，它一方面是指摄影画面上的形象是相对静止的一个瞬间状态，另一方面是指在摄影创作时启动照相机快门的一瞬间。它要求摄影者在某一特定的时刻，将形式、设想、构图、光线、事件等所有因素完美地结合在一起，这是摄影艺术独有的创作特点，它以凝固的瞬间画面反映大千世界的面貌或是摄影师的内心感受（图1-2-3、图1-2-4）。

● 图1-2-3　积水的路面　布列松　　　　● 图1-2-4　巴黎穆费塔街　布列松

图1-2-3这张照片是布列松的代表作。在前景中跳跃的男子，其身影恰好跟背后招贴广告中跳跃女郎相似，一前一后，互相呼应，相映成趣。这个拍摄瞬间，也就是布列松心目中的"决定性的瞬间"。

图1-2-4这张照片的题材并不重大，但却是布列松的一幅脍炙人口的名作。照片中的人物情绪十分自然真实，显示出布列松熟练的抓拍功夫。

3. 科技性

摄影是现代科学技术的产物，它是建立在光学、化学、机械学、电子学，以及当下被广泛应用的数码科技等许多科学技术基础上的综合科技手段。这种高度的科技能力不仅把生活中转瞬即逝的真实影像固定为可视画面，而且极大地拓展了人们的视野。从黑白到彩色，从胶片感光到数码影像，从宏观到微观，科技化的发展使摄影艺术的题材内容和形式不断丰富和创新（图1-2-5、图1-2-6）。

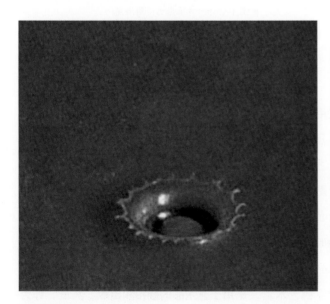

● 图1-2-5　牛奶皇冠　艾杰顿　　　　　● 图1-2-6　子弹打苹果　艾杰顿

图1-2-5、图1-2-6是艾杰顿的高速摄影照片作品，这些既精美又令人惊叹的作品已成为高速摄影史上不可多得的珍品。《子弹打苹果》曝光时间为3/1 000 000秒，即3微秒。

4. 形象性

摄影造型艺术以创造形象为目的。形象的创造不只是记录人物、社会和自然的形态，更重要的是摄影者根据社会生活的真实情况，运用选择、概括、提炼、加工等手段，创造出富有美学意义的形象，并融入摄影者的思想和审美情趣。摄影艺术形象不仅是具体、鲜明的，而且是生动的、感人的（图1-2-7、图1-2-8）。

● 图1-2-7　我要上学　解海龙　　　　　　　　　　● 图1-2-8　我很努力　解海龙

　　图1-2-7《我要上学》又称《大眼睛》，是解海龙的代表作。解海龙，中国当代著名摄影家。从1990年初开始，解海龙用了十年的时间，行程两万多公里，足迹遍及中国26个省的128个县，接触了100多个学校的上万名孩子，用无数张照片记录了贫困地区教育现状，而《大眼睛》就是其中的一件。照片中的人物小手握着铅笔，一双大眼睛直视前方，这双眼睛又被解释成为充满求知欲的、纯真的眼睛。这双"大眼睛"感动了一代中国人。

二、摄影的应用

摄影的应用涉及新闻传播、艺术、科学、日常生活等社会各个方面。新闻和大众传播（报纸、杂志、画报、画册、书籍、广告等）是摄影从业人员最多、社会影响最大的领域。

摄影在艺术上的应用主要有三个方面。一是**用于艺术创作**。英国的雷兰德（O. G. Reilarder）拍摄的《两种人生》（图1-2-9）于1857年在曼彻斯特艺术珍品展览中展出，成为最早的摄影艺术作品。时至今日，摄影已成为一门独立的艺术。二是**用于艺术品的翻拍和出版**。其三，**作为画家写生的工具**。法国印象派画家德加、西班牙现代派画家毕加索都曾用照相机拍摄了大量照片作为绘画素材（图1-2-10、图1-2-11）。

● 图1-2-9 两种人生 雷兰德

　　雷兰德最有代表性的作品是《两种人生》。这幅宛如中世纪油画的作品是雷兰德用30多张底片拼接制作而成的。在这幅照片中，雷兰德构想出一个寓意性的场面：一位先哲引领两个青年走入人生之路。其中一个青年崇尚宗教、勤劳向善，具有可敬的美德。而另一个青年一离开先哲就奔向享乐世界，染上赌博、酗酒、淫欲等恶习，以致失去理智，危害自己，走向死亡。画面中共有几十个人物，每个人物都有一个围绕中心主题的思想涵义。画面左侧有赌徒、娼妓、懒汉、酗酒者等象征罪恶的人物；右侧则有木匠、纺织女工、学者等积极向上的人物；画面中央是一个赤身露体的、正在忏悔的妇女，意在说明只要悔过就有希望。雷兰德采取分组拍摄的方法。他先分组拍摄人物，然后另拍布景与道具。最后，用分别遮挡的方法，把拍摄的30多张底片逐一印在一张相纸上。制作过程非常复杂，雷兰德一共花了6个星期的时间，才得到40 cm×48 cm的照片。

● 图1-2-10 毕加索在加利福尼亚 铂金印
　　相 欧文·佩恩 1957年

● 图1-2-11 田野景色 布列松

　　摄影还有一个十分重要的用途就是科学研究，即科技摄影。科技摄影是科学研究和科普宣传的重要手段，是当今世界传递科技信息最有效的国际通用视觉语言。摄影技术与科学研究相结合，给科学研究的发展开创了新纪元，科技摄影在物理学、植物学、天文学、医学等领域为人类的科学探索做出了卓越贡献。如图1-2-12、图1-2-13是科技摄影在天文学方面的应用；图1-2-14则是用哈勃望远镜拍摄到的照片；图1-2-15为分析性地研究马在奔跑中四条腿如何动作的摄影作品。

● 图 1-2-12　宇航员在进行哈苏相机使
用训练的场景

● 图 1-2-13　蓝色地球

图1-2-13是美国宇航员使用哈苏相机
拍摄的地球，很多教科书及百科全书都使
用这张照片来讲解地球。

● 图 1-2-14　哈勃望远镜拍摄到的四星系碰撞照片

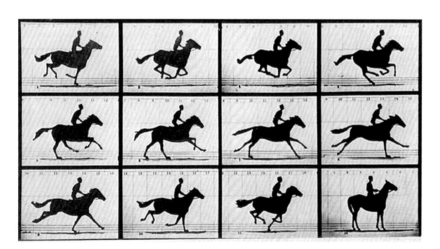

● 图 1-2-15　奔马　穆布里奇·埃德沃德

图1-2-15为了解决马奔跑起来时蹄
子的落地情况，《奔马》的摄影师穆布里
奇在跑道的一边安置了24架照相机，排成
一行，相机镜头都对准跑道。在跑道的另
一边，他打了24个木桩，每根木桩上都系
上一根细绳，这些细绳横穿跑道，分别系
到对面每架照相机的快门上。这样，当跑
马经过各个区域时，会依次把24根引线绊
断，24架照相机的快门也就依次被拉动而
拍下了24张照片。穆布里奇把这些照片按
先后顺序剪接起来。每相邻的两张照片动
作差别很小，它们组成了一条连贯的照片
带，展示了马奔跑起来的景象。

三、摄影的社会功能

摄影在人类社会生活的各个方面得到应用，其功能大致有四个方面，即认识功能、教育功能、审美功能和娱乐功能。

1. 认识功能

摄影对自然现象和社会现象逼真的记录，使人们能超越时空限制认识自然界和人类社会，传达文字和绘画无法传递的信息。摄影不仅能记录人眼看得见的事物，还能记录人眼看不见或看不清楚的事物。比如，通过显微摄影可以看昆虫的复眼，通过航天摄影可以看到月球背面的地貌，通过遥感摄影可探测地球的资源，通过水下摄影可看到海底的动物和植物，等等。

2. 教育功能

摄影不仅能客观地记录自然和社会现象，同时能传达拍摄者的思想情感。拍摄者通过角度、光线、瞬间以及聚焦点的选择，通过文字说明或标题，表达自己对自然、对社会的评价和态度，从而潜移默化地对观赏者产生教育作用。

对于某些摄影作品来说，教育作用不是直接的，而是间接的。比如风光作品、静物作品、人像作品等，它们并不直接反映现实生活，大多是纯粹的形式美，但可以陶冶人的性情，可以寓教于乐。

3. 审美功能

优秀的照片反映了具有审美价值（包括自然美、社会美、艺术美）的事物以及摄影者对事物的审美评价，能激发人的美感，因而具有审美功能。照片中所表现的美的形态可以是优美的，也可以是崇高的，甚至是悲剧或喜剧式的。除了反映客观事物的美以外，优秀作品所反映的拍摄者的构思和技巧，同样给观赏者以美的享受。

4. 娱乐功能

随着经济的发展、人们生活水平和受教育程度的提高、闲暇时间的增加，摄影逐渐普及成为一种大众娱乐活动。业余摄影爱好者拍摄生活照片、旅游照片或艺术照片，能够起到娱乐和陶冶身心的作用。

在现实生活中，摄影的认识功能、教育功能、审美功能和娱乐功能常常是交织在一起的。

本章小结

本章主要介绍了摄影术的诞生与发展历程，重点讲解了摄影的特性（纪实性、瞬间性）与功能（认识功能、教育功能、审美功能和娱乐功能）。1839 年诞生的摄影术是科技与艺术的结合，它以其不可替代的魅力为丰富人类精神领域作出了独特贡献。

思考与练习

1. 摄影术的诞生时间为何时？发明人是谁？什么是银版摄影术？
2. 什么是摄影？摄影艺术的基本特性是什么？

第二章 摄影器材

第一节　照相机的种类及基本结构

第二节　感光材料和感光元件

第三节　数码照相机的基本操作技巧

第四节　摄影附件

学习目标 （本章建议课时：4课时）

知识目标：

- 了解摄影器材的种类。
- 掌握相机的工作原理。

能力目标：

- 能够熟练掌握数码相机的拍摄方法。
- 能够合理使用相关摄影附件。

摄影离不开照相机，照相机是摄影的第一物质前提。面对琳琅满目的相机世界，了解掌握各类相机的基本结构与性能，是学习摄影的基本要求。

第一节　照相机的种类及基本结构

一、相机的种类

照相机从简单到复杂，如今变成了体积轻巧、功能强大、操作简便的集机械、光学、电子装置为一体的精密仪器。照相机品种繁多，分类方法也有多种。

1. 按照成像面积，相机可分为大、中、小型相机

（1）大型相机

大型相机又称机背取景照相机、大画幅照相机、座机，属于专业相机，有较高的技术含量与成像质量，用于追求高质量影像的商业摄影和大场景艺术摄影。

大画幅相机通过机背磨砂玻璃屏进行取景、调焦，结构相对简单，通常由前座、后座、蛇腹、轨道等部件组合而成。前后座通过蛇腹进行灵活地升降、位移、仰俯与摇摆，可以非常方便地调整、控制影像中平行线条的汇聚和清晰度的分配。加之其尺寸较大的底片画幅所带来的高清晰度、颗粒细腻、层次丰富、色彩还原好等先天优势，大画幅相机的技术质量明显高于小画幅相机。它的不足之处为：体积大、重量重、携带性差、操作复杂。随着数字后背的出现，大画幅摄影也实现了数字化。如图 2-1-1 为仙娜传统大画幅 P2 相机，图 2-1-2 为仙娜 120 数字相机 Hy6。

● 图 2-1-1　仙娜 P2 相机

● 图 2-1-2　仙娜 120 数字相机 Hy6

（2）中画幅照相机

中画幅照相机因在胶片时代使用120胶卷得名，画幅分别有：45 mm×60 mm、60 mm×60 mm、60 mm×70 mm、60 mm×90 mm、60 mm×120 mm 等。中画幅相机成像质量优秀，可以满足商业摄影的需要，相机的便携性能要大大优于大画幅相机。中画幅相机有双镜头反光相机和单镜头反光照相机之分。

在中画幅相机里单镜头反光照相机哈苏（Hasselbald）相机的地位举足轻重（图2-1-3）。它的配套镜头由德国著名企业卡尔·蔡斯（Carl Zeiss）生产，哈苏与蔡斯两个标志性组合代表着完美的画质、精确的曝光、顺畅的操作以及强耐用性。1969年人类首次登上月球的照片就是使用哈苏相机拍摄的。如今，哈苏5 000万像素的CFV-50数字后背（图2-1-4）标志着V-系统的第三代数字解决方案的成熟，确保了胶片到数码的无缝转换，图2-1-5为最新的哈苏中画幅数码相机H4D-31。

（3）小型相机

小型相机通常是指135相机，底片画幅为24 mm×36 mm。1913年，德国人巴纳克（Barnack）制成了使用35 mm电影胶卷的小型照相机——徕卡雏形（图2-1-6），开辟了照相机发展的新时代。此后凡是使用135胶卷的照相机统称135照相机。由于体积轻巧，操作便捷，135相机是目前使用最为普遍的相机（图2-1-7为徕卡首款全画幅旁轴数码相机M9）。

● 图2-1-3 哈苏经典机型500 CM

● 图2-1-4 哈苏CFV-50中画幅数码后背

● 图2-1-5 哈苏中画幅数码相机H4D-31

● 图2-1-6 徕卡雏形

● 图2-1-7 徕卡首款全画幅旁轴数码相机M9

反光镜

大面积感光元件

可更换镜头

● 图 2-1-8 数字单反相机构造图

2. 按照照相机的取景方式，相机还可以分为单镜头反光相机、双镜头反光相机、旁轴取景相机 、机背取景相机

（1）单镜头反光相机

单镜头反光相机简称单反相机，这是当今最流行的取景系统。在这种系统中，反光镜和棱镜的独到设计使得摄影者可以从取景器中直接观察到通过镜头的影像，数码单反相机就是指使用了单反新技术的单镜头反光数码相机，它的感光器件是 CCD 或 CMOS（图 2-1-8）。单反相机优点是：可以更换不同焦距、口径的镜头，且不存在视差；拥有丰富的附件系统，如滤光镜、取景器、闪光灯、电池手柄、微距附件、外接电源、无线传输设备等。

EOS-1Ds Mark III 是佳能顶级专业 35 mm 数码单镜头反光照相机（图 2-1-9），它采用了 2 110 万有效像素的全画幅 CMOS 图像感应器和两块先进的 DIGIC III 数字影像处理器，图像细节非常丰富，层次细腻。尼康 D3X 是尼康公司的一款主打高成像素质、高分辨率的顶级专业 35 mm 数码单反相机，拥有 2 450 万有效像素，CMOS 感应器尺寸为 35.9 mm×24 mm（图 2-1-10）。无论是佳能的 EOS-1Ds Mark III 还是尼康 D3X，大幅面不仅带来更加精细的图像表现，也使其商业用途变得更为广泛和高端。

（2）双镜头反光相机

双镜头反光照相机采用双镜头结构，两个镜头上下排列，固定在镜头架上，上面的镜头用于取景和调焦，下面的镜头用于拍摄。双镜头反光照相机的优点是结构简单、坚固，不易损坏；缺点是体积较大，操作不太方便，存在视差，不便于拍摄动体，镜头固定，不能更换。最早的双

● 图 2-1-9 佳能 EOS-1Ds Mark III

● 图 2-1-10 尼康 D3X

镜头反光照相机是德国的禄莱公司 1928 年制造的，其典雅的外形设计、精密的制造工艺和可靠的机械性能，使得禄莱相机不仅受普通大众追捧，更受到众多摄影大师的青睐（图 2-1-11）。图 2-1-12 为禄莱 flex minidigi AF 5.0，这款迷你数字相机是根据 1:6 的比例，完全按照标准的 Rolleiflex 相机缩小而成，操作方式非常特别，打开上盖以后才能看到机身内部的 LCD，转动旁边的模拟底片杆，才能按下快门拍摄。

● 图 2-1-11　禄莱相机

● 图 2-1-12　禄莱迷你数码相机 flex minidigi AF 5.0

（3）旁轴取景相机

旁轴取景相机顾名思义就是取景与摄影光路入射路径不在同一条轴线上的照相机，其取景装置独立成系统。在照相机技术发展过程中，这种相机品类繁多，结构上也大相径庭，从出类拔萃的徕卡产品到著名的禄莱双反都是旁轴相机的成员，缺点是一般不能更换镜头，不便使用滤镜且存在视差。

二、照相机的工作原理

摄影是通过光学仪器聚焦成像，以感光材料或图像感应器为介质，摄取客观景物瞬间影像的技术。即光通过照相机镜头，使感光材料感光，从而记录景物影像的过程。

三、相机的基本结构

照相机种类繁多，但基本结构是一样的，主要由机身、暗箱、镜头、快门和取景器等几个基本部分组成（图 2-1-13）。

1. 取景器

取景器主要用于观察即将摄入画面的景物，确定画面所框取的构图。不同种类的相机采用不同形式的取景器（图 2-1-14）。

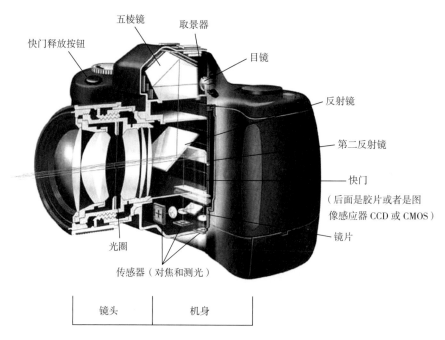

五棱镜　　取景器

快门释放按钮

目镜

反射镜

第二反射镜

快门

（后面是胶片或者是图
像感应器 CCD 或 CMOS）

镜片

光圈

传感器（对焦和测光）

镜头	机身

● 图 2-1-13　135 数字单反相机结构图

A. 镜头反光取景器

B. LCD 液晶取景器

● 图 2-1-14　取景器

2. 镜头

镜头是照相机最重要的部件（图 2-1-15）。镜头的作用是使光线汇聚，在感光材料上形成清晰的影像。镜头由透镜组、光圈和连接它们的机械装置组成。

3. 快门

快门是照相机控制曝光时间的装置，可以用不同的速度加以调整，它决定着胶片感光时间的长短，影响成像清晰度（图 2-1-16）。

4. 调焦装置

调焦的目的是使被摄物体在胶片等感光材料上清晰地成像，并通过一定的调焦验证装置显示出调焦的准确度。

● 图 2-1-15　镜头

反光板后面的即为数码单反的机械快门。反光板升起，快门打开，相面就能完成曝光。

● 图 2-1-16　相机快门

5. 机身

机身为一坚固骨架,用以装配照相机的各个部件。

6. 数字机背

数字机背又称数字后背,只有 CCD 芯片和数字处理等部分而没有镜头等机构。是加用于中幅照相机和大型照相机上,使中幅照相机和大型照相机可进行数字化拍摄的装置。与单镜头反光数码照相机和轻便数字照相机相比,加用数字机背的数码照相机体积大,使用灵活性相对较差,价格高,但像素水平往往更高。数字机背主要用在要求苛刻的商业摄影及广告摄影方面。

如图 2-1-17,AFi-II 数字后背融合了独特的科技和设计,具有 12 级动态范围。高达 8 000 万的像素与高解析度光学技术完美融合,令自然的肤色、细致的纹理及色彩准确再现,能完美还原高光的细节和暗位元的层次。

● 图 2-1-17　AFi-II数字后背

第二节　感光材料和感光元件

传统相机的感光材料是胶片,数码相机的感光元件是光电耦合器。

一、感光元件的类型

目前数码相机的核心成像部件有两种:一种是广泛使用的 CCD 元件(图 2-2-1A/B);另一种是 CMOS 器件(图 2-2-1C)。它们是数码相机的核心,也是最关键的技术。

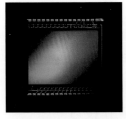
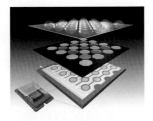

A. CCD　　　　　　B. CCD 的结构　　　　　　C. CMOS

● 图 2-2-1　数码相机的感光元件

感光元件的工作原理是把光线转变成电荷,通过模数转换器芯片把光线转换成数字信号,经过压缩以后由相机内部的内置硬盘卡或闪速存储器保存,最后把数据传输给计算机,并借助于计算机的处理手段根据需要来修改图像。

1. CCD(Charge Coupled Device)

CCD 是 1969 年由美国的贝尔研究室开发的,进入 90 年代中期后,

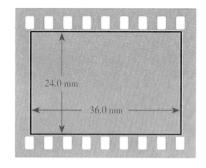

● 图 2-2-2　35 mm 胶片

● 图 2-2-3　全画幅图像感应器

● 图 2-2-4　APS-C 尺寸图像器

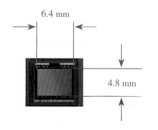

● 图 2-2-5　小型数码相机图像感应器

CCD 技术得到了迅猛发展。它使用一种高感光度的半导体材料，由许多感光单位组成，通常以百万像素为单位。当 CCD 表面受到光线照射时，每个感光单位会将电荷反映在组件上，通过模数转换器芯片转换成数字信号。数字信号经过压缩以后由相机内部的闪速存储器或内置硬盘卡保存，所有的感光单位所产生的信号加在一起就构成了一幅完整画面。与传统底片相比，CCD 更接近于人眼的工作方式。

2. CMOS（Complementary Metal-Oxide Semiconductor）

CMOS 和 CCD 一样同为在数码相机中可记录光线变化的半导体。CMOS 的制造技术和一般计算机芯片没什么差别，主要是硅和锗两种元素做成的半导体。CMOS 上共存着 N（带 - 电）和 P（带 + 电）极，产生的电流即可被处理芯片记录和解读成影像。CMOS 的缺点是容易出现杂点，这主要是因为早期设计的 CMOS 在处理快速变化的影像时，电流变化过于频繁而产热导致的。

二、影响感光元件的因素

对于数码相机来说，影响感光元件成像的因素主要有两个方面：一是感光元件的面积；二是感光元件的色彩深度。

相同条件下，感光元件面积越大，就能记录越多的图像细节（图 2-2-2 至图 2-2-5），各像素间的干扰越小，成像质量越好。佳能的 EOS-1Ds 的 CMOS 尺寸为 36 mm×24 mm，达到了 35 mm 胶卷的感光面积，所以成像也相对较好。现在市面上消费级数码相机的感光元件尺寸主要有 2/3 英寸、1/1.8 英寸、1/2.7 英寸、1/3.2 英寸 4 种。

除了面积之外，感光元件还有一个重要指标就是色彩深度，也就是色彩位数。色彩位数越高，感光单元能记录的光亮度值就越多。

第三节　数码照相机的基本操作技巧

数码相机由传统照相机演进而来。除了必要的光学成像系统、控制部件以外，数码相机还包括了多个图像加工处理集成部件、光电转换部件、数码信号转换运算部件、数码信号存储部件、数码信号输出部件、数码信号显示部件以及电源等。

一、数字摄影中的专门术语

数字摄影是一门新型的图像制作技术，图像的认识、成像系统的控制处理方面很大程度上不同于传统的银盐摄影，因而出现了许多新名词、新概念。

1. 像素

在数字摄影中，图像可以看作是由许多个不同颜色的小点所构成的排列整齐的点阵图，这些组成图像的最小单元——小点就是像素（Pixel）。

2. DPI 与 PPI

DPI（Dot Per Inch）是在数码摄影中经常使用到的专业术语，其意义是在每英寸的长度内，具有多少个点（Dot），DPI 数值越大，表示在每英寸内的点也就越多，所形成的图像也就越精细。

PPI（Pixel Per Inch）指每英寸范围内的像素总量。一般用于衡量数码照相机的分辨率或者拍摄精度的高低，反映了图像中储存信息量的多少，它决定了图像的根本质量。如 1 024×768PPI 的精度就表示该画面的长边由 1 024 个像素组成而宽边由 768 个像素组成，因而该图像的质量要远远高于 640×480PPI 的图像。

3. 图像模式

图像模式（Image Mode）是指颜色显示图像的方式和规则。目前在数码摄影中使用较多的图像模式有位图模式、灰度模式、RGB 模式、CMYK 模式等（图 2-3-1）。位图模式仅以黑白两色来表示景物，这不同于传统的黑白照片，这种模式所表示的图像完全没有深浅各异的灰色影调。而类似于具有丰富层次的传统黑白照片的图像模式是灰度模式。RGB 是通过对红（R）、绿（G）、蓝（B）三个颜色通道的变化以及它们相互之间的叠加来得到各式各样的颜色的，这种模式可以表现出肉眼所能够见到的全部色彩，多用于屏幕显示的图像上。CMYK 模式以青（C）、品红（M）、黄（Y）、黑（K）这四个原色的组合来构成彩色的图像，CMY 是 3 种印刷油墨名称的首字母：青色（Cyan）、品红色（Magenta）、黄色（Yellow），这是一种比较适合于将图像输出打印在纸张上的图像模式。在数码摄影中，不同模式图像的意义在于它们非常明确地界定了图像的颜色性质。

4. 色彩深度

色彩深度一般用"bit"为单位，指数码照相机获取对象颜色的能力。同时 bit 也是计算机的最小存储单位。越多的 bit 位数可以表现出越复杂的图像信息。而一些专业型数码照相机的颜色深度可以达到 36bit 甚至 42bit，超出了肉眼所能够看见的全部

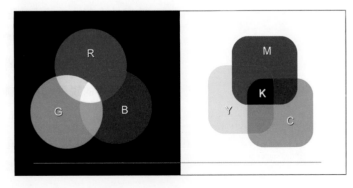

● 图 2-3-1　RGB 色彩模式和 CMYK 色彩模式

色彩的范围，使将图像输入计算机中进行处理时有更大的选择范围。

5. 光学变焦和数码变焦

传统胶片照相机的变焦镜头是通过调整镜头的光学结构而改变焦距、调节拍摄视角的，这就是所谓的光学变焦。数码变焦是在光学变焦的基础上，通过数码计算而造成的画面视角变化，其原理有点类似于通过插值计算增加像素的方式，所以并不是真正意义上的变焦。数码变焦虽然也可以调节和改变照相机镜头的拍摄范围，但是，其形成的图像质量一般要低于传统的光学变焦。

6. 数码图像文件的格式

图像格式即图像文件存放在记忆卡上的格式，通常有 JPEG、TIFF、GIF、RAW 等。由于数码相机拍下的图像文件很大，储存容量却有限，因此图像通常都会经过压缩再储存。

JPEG 图像格式： 扩展名是 JPG，其全称为 Joint Photograhic Experts Group。它利用一种失真式的图像压缩方式将图像压缩在很小的储存空间中，其压缩比率通常在 10：1~40：1 之间。这样可以使图像占用较小的空间，所以很适合应用在网页的图像中。JPEG 格式的图像主要压缩的是高频信息，对色彩的信息保留较好，因此也普遍应用于需要连续色调的图像中。

TIFF 图像格式： 扩展名是 TIF，全称是 Tagged Image File Format。它是一种非失真的压缩格式（最高也只能做到 2~3 倍的压缩比），能保持原有图像的颜色及层次，但占用空间却很大。例如一个 200 万像素的图像，差不多要占用 6MB 的存储容量，故 TIFF 常被应用于较专业的用途，如书籍出版、海报等，极少应用于互联网上。

GIF 图像格式： 扩展名是 GIF。它在压缩过程中，图像的像素资料不会被丢失，然而丢失的却是图像的色彩。GIF 格式最多只能储存 256 色，所以通常用来显示简单图形及字体。有一些数码相机会有一种名为 Text Mode 的拍摄模式，可以储存成 GIF 格式。

RAW 图像格式： 扩展名是 RAW。RAW 是一种无损压缩格式，它的数据是没有经过相机处理的原文件。RAW 文件包含了原图片文件在传感器产生后、进入照相机图像处理器之前的一切照片信息。许多图像处理软件可以对照相机输出的 RAW 文件进行处理。这些软件提供了对 RAW 格式照片的锐度、白平衡、色阶和颜色的调节。此外，由于 RAW 拥有 12 位数据，可以通过软件，从 RAW 图片的高光或昏暗区域获取照片细节，这些细节不可能在每通道 8 位的 JPEG 或 TIFF 图片中找到。

7. 存储器

在多数相机中拍摄的影像都要存储在记忆卡里，这种可移动的存储设备不仅可以存储影像，还可以方便地将数据传输到计算机里。记忆储存卡能够存储的数量根据记忆卡的容量而定。目前使用较为普遍的记忆卡有 CF 卡和 SD 卡，此外还有 XD 卡、SM 卡、Sony 的记忆棒等（图 2-3-2）。

● 图 2-3-2 各种记忆存储卡

8. 分辨率

图像分辨率（Image Resolution）指图像中存储的信息量。图像分辨率有多种衡量方法，典型的是以每英寸的像素数（PPI）来衡量；当然也有以每厘米的像素数（PPC, pixel per centimeter）来衡量的。图像分辨率和图像尺寸（高宽）的值一起决定文件的大小及输出的质量，一般可以根据下列的图像用途来确定相应的图像分辨率。

320×240 像素：可用于电子邮件或者网页中的图像。

640×480 像素：用于电视屏幕或者计算机屏幕的标准显示解析度。这一精度所拍摄的画面刚好可以撑满整个电视屏幕。

1 024×768 像素：能够达到 3×4 英寸幅面的传统照片的一般打印精度要求，或者是相同尺寸画面的印刷要求。

1 280×960 像素：能够满足 4×6 英寸画面的照片质量打印精度要求，即相当于我们常见的普通彩色扩印照片的大小尺寸的质量，或者相同尺寸画面的印刷要求。

1 600×1 200 像素：能够满足 6×8 英寸画面的打印精度要求，或者相同尺寸画面的印刷要求。

1 920×1 600 像素：能够满足 8×10 英寸画面的打印精度要求。

3 500×2 400 像素：非常高的清晰度，已经接近于传统 35 mm 胶片画面的图像质量。打印 10×12 英寸近似传统照片质量的画面也是不成问题的。

9. 白平衡

白平衡（White Balance）是数码相机在拍摄中用以调节成像色彩的功能。了解白平衡就必须了解另一个重要的概念——色温。所谓色温，简而言之，就是定量地以开尔文温度表示色彩。当物体被电灯或太阳加热到一定的温度时就会发出一定的光线，此光线不仅含有亮度的成分，还含有颜色的成分。**色温越高，蓝色的成分越多，图像就会偏蓝；相反，色温越低，红色的成分就越多，图像就会偏红**。因此，如果照射物体的光线发生了变化，那么其反映出的色彩也会发生变化，而这种变化反映到相机里，就会产生在不同光线下色彩还原不同的现象。图 2-3-3 显示了一些光线下的色温情况。

太阳光	色温值	人工光源	
晴天的北部天空	12 000 K 11 000 K		
晴空	6 000 K	闪光灯：放电管	
正午的太阳光	5 000 K	昼光	
	4 000 K	闪光灯：真空管	
日落后或日出前	3 200 K	泛光灯	
	2 800 K	家用白炽灯	
日出、日落	1 900 K	烛光	

● 图 2-3-3　不同光线条件下的色温值

　　从上图可见，不同光线下色温值相差很大，造成相机在不同的光线下色彩还原不同。为解决这个问题，现在的照相机都具有白平衡校正功能，对不同的色温进行补偿，从而真实地还原拍摄物体的色彩。一般白平衡有多种模式，适应不同的场景拍摄，如：自动白平衡、钨光白平衡、荧光白平衡、室内白平衡、手动调节。通常情况下我们都是使用白平衡功能将所拍摄的画面尽可能地还原为被摄对象的本原色彩。但有时也故意使色彩产生偏差而营造一种别样的气氛，这取决于拍摄者对画面的理解以及对白平衡功能的灵活运用。

　　10. 感光度

　　数码相机厂家为了方便使用者，一般将数码相机的 CCD 对光线的灵敏度等效转换为传统胶卷的感光度值。

　　目前数码照相机的"感光度"分布在中、高速的范围，最低的为ISO50，最高的一般为 ISO6 400。ISO 设置得越高，感光元件对光线就越敏感。ISO 高时，可以在较暗的光线条件下手持拍摄；也可以使用更高速的快门来凝结快速移动的物体瞬间。高感光度会使影像的颗粒度或者噪点更大更明显，对画质起到致命的破坏作用。

　　11. 硬件和软件

　　硬件指的是在数码摄影中使用的各种拍摄处理和存储设备，而软件指的是各种加工处理数码图像的微电脑程序。

数码摄影系统一般是以微电脑为中心再辅以其他图像的输入输出设备而构成的。除了微电脑和数码照相机之外，数码摄影的其他主要硬件还有各种扫描仪和各种类型的打印机等。

二、数码照相机的基本操作

1. 正确掌握相机各部分的名称和功能

在开始使用数码单反相机进行拍摄之前，让我们首先来了解相机各部分的名称和功能（以佳能 450D 为例），这是提高摄影水平的第一步（图 2–3–4 至图 2–3–10）。

背面

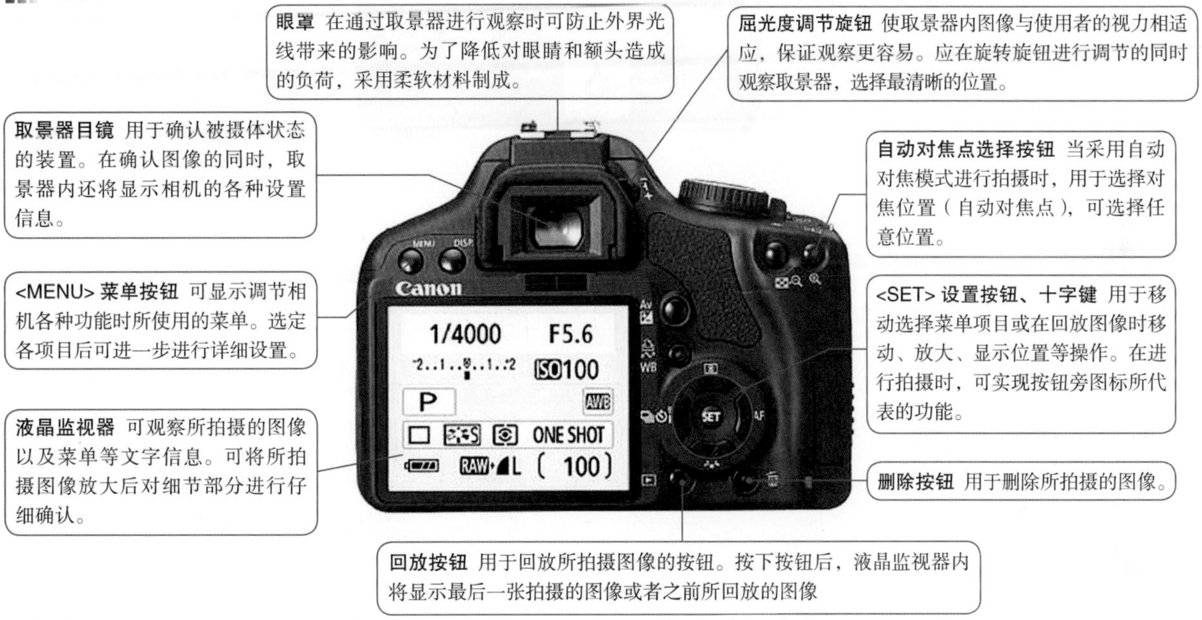
眼罩 在通过取景器进行观察时可防止外界光线带来的影响。为了降低对眼睛和额头造成的负荷，采用柔软材料制成。
屈光度调节旋钮 使取景器内图像与使用者的视力相适应，保证观察更容易。应在旋转旋钮进行调节的同时观察取景器，选择最清晰的位置。
取景器目镜 用于确认被摄体状态的装置。在确认图像的同时，取景器内还将显示相机的各种设置信息。
自动对焦点选择按钮 当采用自动对焦模式进行拍摄时，用于选择对焦位置（自动对焦点），可选择任意位置。
<MENU> 菜单按钮 可显示调节相机各种功能时所使用的菜单。选定各项目后可进一步进行详细设置。
<SET> 设置按钮、十字键 用于移动选择菜单项目或在回放图像时移动、放大、显示位置等操作。在进行拍摄时，可实现按钮旁图标所代表的功能。
液晶监视器 可观察所拍摄的图像以及菜单等文字信息。可将所拍摄图像放大后对细节部分进行仔细确认。
删除按钮 用于删除所拍摄的图像。
回放按钮 用于回放所拍摄图像的按钮。按下按钮后，液晶监视器内将显示最后一张拍摄的图像或者之前所回放的图像
Canon
1/4000
F5.6
100
P
ONE SHOT
100

● 图 2–3–4　相机背面

正面

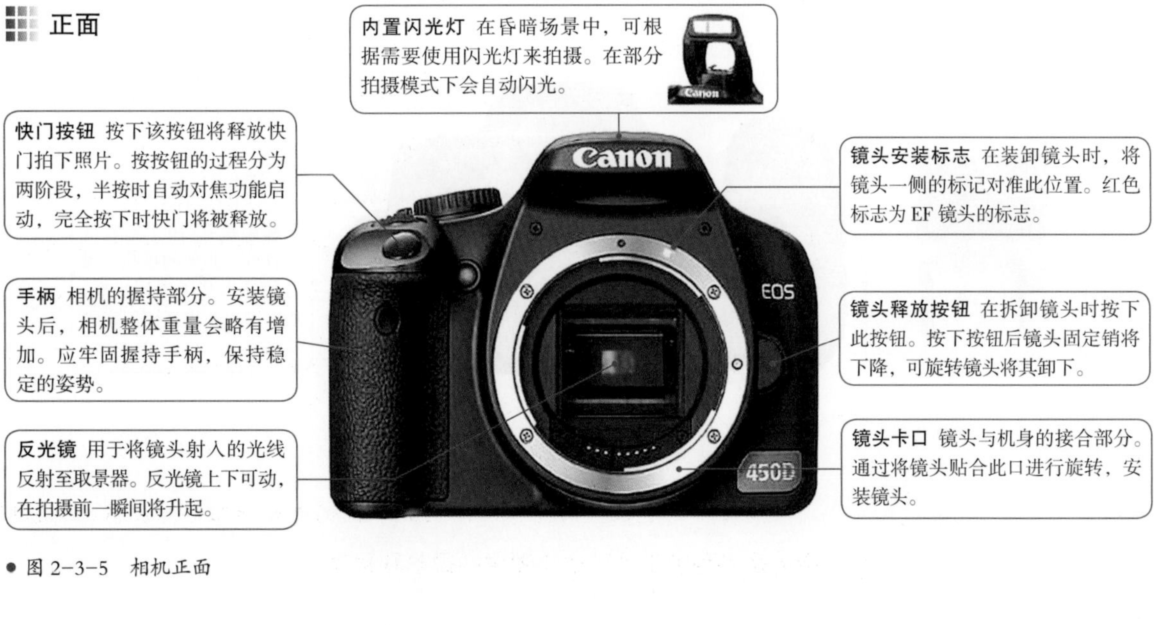
内置闪光灯 在昏暗场景中，可根据需要使用闪光灯来拍摄。在部分拍摄模式下会自动闪光。
快门按钮 按下该按钮将释放快门拍下照片。按按钮的过程分为两阶段，半按时自动对焦功能启动，完全按下时快门将被释放。
镜头安装标志 在装卸镜头时，将镜头一侧的标记对准此位置。红色标志为 EF 镜头的标志。
手柄 相机的握持部分。安装镜头后，相机整体重量会略有增加。应牢固握持手柄，保持稳定的姿势。
镜头释放按钮 在拆卸镜头时按下此按钮。按下按钮后镜头固定销将下降，可旋转镜头将其卸下。
反光镜 用于将镜头射入的光线反射至取景器。反光镜上下可动，在拍摄前一瞬间将升起。
镜头卡口 镜头与机身的接合部分。通过将镜头贴合此口进行旋转，安装镜头。
Canon
EOS
450D

● 图 2–3–5　相机正面

上面

变焦环 旋转改变焦距，可观察下方的数字和标记的位置来掌握所选择的焦距。

对焦模式开关 用于切换对焦方式，是切换自动对焦（AF）与手动对焦（MF）的开关。

背带环 将背带两端穿过该孔，牢固安装背带。安装时应注意保持左右平衡。

热靴 用于外接大型闪光灯等的端子。相机与闪光灯通过触点传输信号。

对焦环 采用手动对焦（MF）模式时，旋转该环进行对焦。对焦环的位置因镜头而异。

主拨盘 用于在拍摄时变更各种设置或在回放图像时进行多张跳转等操作的多功能拨盘。

ISO 感光度设置按钮 按下该按钮可以改变相机对亮度的敏感度。

电源开关 打开相机电源用的开关。当长时间保持打开状态时，相机将自动切换至待机模式以节省电力消耗。

模式转盘
可旋转转盘以选择与所拍摄场景或拍摄意图相匹配的拍摄模式。主要可分为两大类：创意拍摄区和基本拍摄区。

创意拍摄区 可根据使用者的拍摄意图选择各种相机功能。

基本拍摄区 相机可根据所选择的场景模式自动进行恰当的设置。

● 图 2-3-6 相机上面

底面

电池仓 可装入附带的电池。安装时应确保采用正确方向插入，使电池的端子部分朝向相机内部。

二脚架接孔 用于安装市售各种三脚架的接孔。螺钉的规格基于通用标准，所以可以使用任何厂家的三脚架。

● 图 2-3-7 相机底部

侧面

闪光灯弹出按钮 用于弹出内置闪光灯的按钮。当采用基本拍摄区的某些模式时，闪光灯有时会与功能联动而自动弹出。

外部连接端子 用于连接相机与外部设备的端子。注意确认能够连接使用的设备，保证进行正确连接。

视频输出端子

遥控端子

数码端子

存储卡插槽 从此处插入用于存储所拍摄图像的各种存储卡。可使用的存储卡类型因相机机型而异。

SD 卡

CF 卡

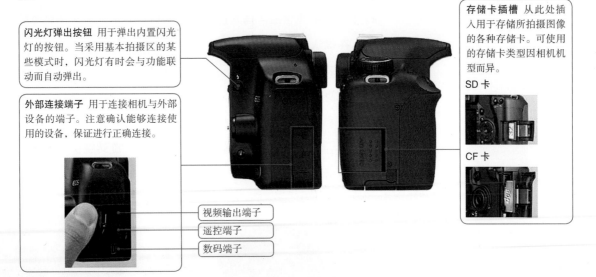

● 图 2-3-8 相机侧面

取景器内的显示

快门速度 此处仅显示分母的数值。

光圈值 F 值显示因所使用的镜头而异（F 值 = 光圈值）。

ISO 感光度 当 ISO 感光度设置为自动时，此数值处于时常变化状态。

对焦点 显示自动对焦拍摄时的对焦位置。可通过模式切换来自动选择对焦点或手动选择对焦点。

● 图 2-3-9 液晶监视器拍摄设置显示

液晶监视器拍摄设置显示

快门速度 显示快门打开的时间。分母数值越大，则快门打开时间越短。

拍摄模式 显示通过模式转盘选定的拍摄模式。当选择基本拍摄区模式时，将以图示以及文字的形式显示。

光圈值 显示镜头内光圈叶片的打开状况。数值越小则光圈打开越大，越能够获得更多的光量。

ISO 感光度 数值越大则越容易拍摄昏暗场景。通常标准感光度为 ISO 100。

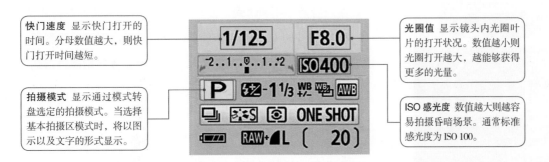

● 图 2-3-10 取景器设置显示

2. 基本操作

（1）将电池插入相机

打开相机电池仓盖，插入已充满电的电池。插入时应使触点朝向相机内部，在确认方向正确后插入（图2-3-11）。

（2）安装镜头

取下机身盖和镜头的后盖，将镜头的白色标志与机身的白色标志对齐，缓慢平稳地将镜头安装于机身。安装时应注意避免镜头倾斜，镜头插入机身后，沿顺时针方向旋转镜头进行锁定，旋转镜头直至听到固定销到位的声音。在室外更换镜头时，应使机身朝下（图2-3-12）。

● 图 2-3-11　将电池插入相机

● 图 2-3-12　安装镜头

（3）进行相机的初始设置

打开电源（图2-3-13）。装好电池和镜头后，就可以打开相机电源了。电源开关的位置和形状因机型不同而异，应仔细确认。

设置日期和时间。启动相机后应首先设置当前的日期和时间。正确输入当前日期和时间，会使以后的照片整理工作变得非常轻松。

按下 MENU 按钮，显示菜单，完成日期和时间的设置后，可再按下 MENU 按钮，显示设置菜单。所有设置操作均通过该画面进行（图2-3-14）。

设置语言。将语言设置改为中文（图2-3-15）。相机购入时的默认语言设置为英语，所以应从"Language（语言）"设置菜单项目中选择"简体中文"，选定后所有的显示文字均将改为简体中文显示。

● 图 2-3-13　电源位置

● 图 2-3-14　设置日期和时间　　　　　　　　　　● 图 2-3-15　设置语言

（4）插入存储卡，进行格式化

插入存储卡之前，应首先关闭相机电源。将存储卡插入存储卡插槽内（注意方向）使存储卡贴有标签的一面朝向自己插入相机（图 2-3-16）。打开电源开关启动相机后，按下 MENU 按钮显示菜单，从菜单中选择"格式化"对存储卡进行格式化。在格式化过程中，绝对不可拔出存储卡。格式化操作所需的时间因存储卡的容量和种类不同而略有不同（图 2-3-17）。

● 图 2-3-16　插入存储卡　　　　　● 图 2-3-17　格式化存储卡

（5）确定图像的格式和画质

不同用途的图片对图像精度的要求是不同的。设定拍摄精度应该根据图像的最终用途来确定。JPEG 格式文件是大部分数码相机上共有的基本图像格式，也是绝大多数用户平时最常使用的格式。而对图像要求更加严格的用户会选用 RAW 格式，RAW 格式可以保留图像的原始数据，以保证在后期处理的时候有更大的调整空间（图 2-3-18）。

● 图 2-3-18　RAW 格式

（6）校正色温，调整白平衡

白平衡有多种模式，适应不同的场景拍摄，如：自动白平衡、钨光白平衡、荧光白平衡、室内白平衡等，也可以使用自定义白平衡设置（如图 2-3-19）。

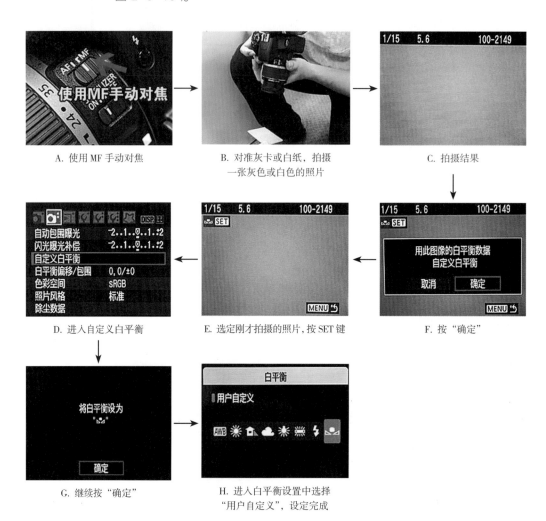

A. 使用 MF 手动对焦　　B. 对准灰卡或白纸，拍摄一张灰色或白色的照片　　C. 拍摄结果

D. 进入自定义白平衡　　E. 选定刚才拍摄的照片，按 SET 键　　F. 按"确定"

G. 继续按"确定"　　H. 进入白平衡设置中选择"用户自定义"，设定完成

● 图 2-3-19　自定义白平衡设定步骤

（7）设定合适的感光度

根据不同的拍照场景和拍摄条件选择合适的感光度。按下 ISO 键以设定感光度，如拍摄风景时尽量使用最低 ISO（图 2-3-20）。

● 图 2-3-20　感光度设定

（8）选择恰当的曝光模式

目前数码相机的曝光模式主要有：M、A（佳能 Av）、S（佳能 Tv）、P、📷AUTO、🏃、🏔、🌷、🏃‍♂️、🎆、🌃。我们在选择合适的曝光模式时，既可以选择具有创意的手动曝光模式、光圈优先模式、快门优先模式，也可以选择具体的拍照模式比如人像模式、风光模式、夜景模式等（图 2-3-21）。

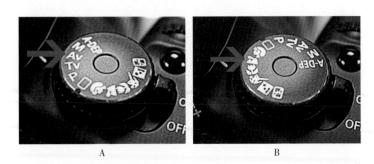

A   B   ● 图 2-3-21 曝光模式

（9）选择正确的测光模式

目前主要的测光模式包括：点测光、中央部分测光、中央平均测光、平均测光、多区测光等（图 2-3-22）。对摄影者而言，只有真正针对相机不同的测光特性来使用，才能确保捕捉到最佳曝光，获得高质量的数码照片。

图 2-3-23 是 4 种不同的测光方式效果的比较。

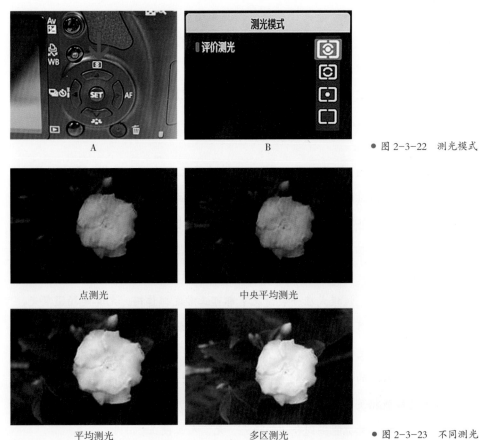

A   B   ● 图 2-3-22 测光模式

点测光   中央平均测光

平均测光   多区测光   ● 图 2-3-23 不同测光模式比较

重点提示

点测光模式

点测光是最精确的测光模式，它的测光面积大约只占所在画面的2%~3%，完全不考虑周围其他背景的曝光需要，因此可确保摄影者完全按照自己选择的某个具代表性的"点"来进行测光和曝光，能满足较为严格的曝光要求。有经验的摄影者能利用它预测到最后照片的实际影调效果。要用好"点测光"模式，有一个重要前提，就是摄影者必须知道被摄对象中哪个位置适合选为"点"作为测光标准。比如舞台摄影中常常有追光灯打在演员身上，而背景几乎一片漆黑，如果不用点测光必定会出现主体曝光过度。

中央部分测光模式

也称局部测光，这种模式是对画面中心处约12%的范围进行测光。

中央平均测光模式

这种模式的测光重点放在画面中央（约占画面的60%），同时兼顾画面边缘。它可大大减少画面曝光不佳的现象，是目前单镜头反光照相机主要的测光模式。中央平均测光模式是一种非常可靠的测光方式，在实践中有较高的实用价值。拍摄那些既需表现主体，同时又需兼顾整体曝光量的内容，就需要选择中央平均测光模式。在日常生活摄影、新闻摄影、风光摄影、广告摄影以及其他摄影实践中，主要表现对象往往在中间。所以在实践中，无论是拍摄背景与主体有一定反差的内容还是拍摄主体与背景亮度较一致的场景，采用此种测光模式来测光拍摄，基本上都可确保万无一失。

平均测光

平均测光（评价测光）是数码相机中最主要的测光模式。平均测光模式是在拍摄时相机测光系统根据取景框内的画面作全面分析、多点取样，然后测算出整个画面所需的最适合的平均曝光量，以确保最后获得准确曝光。从实际拍摄的角度分析，平均测光模式主要适合拍摄画面反差比较正常的内容，适合于被摄主体与背景没有强烈反差对比、亮度差异相对平和的对象。该模式在一般情况下都可正常发挥作用，尤其是拍摄顺光、前侧光以及阴天或大面积亮度比较均匀的场景时都非常有效。

多区测光模式

由独立的测光元件对画面分区域进行测光，由照相机内部的微处理器进行数据处理，求得合适的曝光量，曝光正确率高。在逆光摄影或景物反差很大时都能得到合适的曝光，无需人工校正。

第四节 摄影附件

一、滤镜

滤镜是常用的摄影器材附件。其主要作用有两个，一是真实地反应和表现被摄物体原来的色彩与层次，二是根据摄影者的主观愿望对被摄物体的色彩、影调和气氛等进行创造性的表现。滤镜的种类很多，数字摄影常用的有 UV 镜、偏振镜和中灰滤镜等。

1. UV 镜

UV 镜也称紫外线滤镜。它外观像普通玻璃，无色透明。UV 镜的主要功能是吸收或减弱紫外线。由于胶片对人眼观察不到的紫外线特别敏感，在室外拍摄时，照片上远处的景物似蒙上一层蓝紫色薄雾，严重影响影像的清晰度。使用 UV 镜后，可以将紫外线吸收或减弱，提高远处景物的清晰度并改善色彩的还原度。UV 镜也常常长期安装在镜头上以保护镜头（图 2-4-1）。

2. 偏振镜

偏振镜也称 PL 滤镜（图 2-4-2），它只对偏振光起作用。通俗地说，偏振镜像一个"筛子"，当"筛子"的过滤方向同偏振光的振动方向一致时，光会通过；当"筛子"的过滤方向与偏振光的振动方向垂直时，光就被阻挡了。因此，在使用偏振镜时一定要旋转观察，只有偏振镜旋转至某一位置时效果才会比较明显。偏振镜主要有以下几项功用：压暗蓝天，消除或减弱非金属表面反光，增加色彩饱和度。图 2-4-3 没有加偏振镜直接拍摄，很明显画面色彩平淡，没能很好地突出天色和白云，图 2-4-4 用偏振镜把天空的偏振光部分消除，天色蔚蓝而云彩突出，并且草丛的色彩饱和度也增加了。图 2-4-5 没有使用偏振镜，建筑物玻璃表面反光很强，而图 2-4-6 使用偏振镜消除了建筑物玻璃表面的反光，很好地表现了建筑物的玻璃质感。

● 图 2-4-1 UV 镜

● 图 2-4-2 偏振镜

● 图 2-4-3 无偏振镜效果

● 图 2-4-4 使用偏振镜效果

● 图 2-4-5　无偏振镜效果　　　　　　● 图 2-4-6　使用偏振镜效果

3. 中灰滤镜

中灰滤镜也称 ND 滤镜，主要作用是：①降低通光量，比如，在强光下想使用大光圈做前后景虚化就可以加中灰镜。②在 EV 值较高的情况下降低快门速度。EV 是曝光量的一种表达方式。它将快门速度和光圈按一定方式置换为整数值，对应快门速度的整数值称为 TV 值，对应光圈的整数值称为 AV 值，将这两数值相加就可以得到 EV 值，即曝光量。只要是 EV 值相同，无论快门速度和光圈如何组合，曝光量都不变。在 EV 值较高的情况下使用中灰滤镜可以用低快门速度拍摄。比如：在很亮的地方想拍摄动感（动感虚化）的效果，可加上中灰镜。它不会改变光的颜色，只是均等地减弱各种色光的强度，这是中灰滤镜与其他滤镜的明显示同。图 2-4-7 这幅瀑布的拍

● 图 2-4-7　使用中灰滤镜拍摄的瀑布

摄使用了中灰滤镜。它减少了到达胶片的光量,允许选择4 s的快门速度。这种长时间曝光使得瀑布变成了云状的白色泡沫,否则是不可能形成这种效果的。

二、其他摄影附件

1. 电子闪光灯

电子闪光灯体积小、发光强,现在已经成为最基本的摄影辅助器材之一(图2-4-8、图2-4-9)。不少照相机在制造中就已经将闪光灯整合在机身上,使它成为照相机上的一个组成部件。电子闪光灯的主要作用在于提供拍摄时的照明光线或者作为辅助照明光线以改善被摄物的明暗反差。

电子闪光灯有不同的闪光指数。小型电子闪光灯的闪光指数(闪光强弱)一般在16~36之间,带有手柄的大型电子闪光灯的闪光指数可以达到45~64甚至更高。大部分旁轴式取景照相机自带的闪光灯指数一般在12~16之间,基本满足了一般场合下的拍摄需要。

● 图2-4-8 佳能外置闪光灯

2. 三脚架和快门线

三脚架(图2-4-10)和快门线(图2-4-11)是摄影的重要装备。

三脚架的作用是稳定照相机,防止震动造成影像模糊。可以使拍摄者仔细而精确地取景和对焦,是在低照度环境下以及静物、风景摄影中必备的器材。三脚架有大、中、小各种规格,有专用于室内场合的倒T型三脚架,以及室内、户外都可使用的便于携带的三脚架,还有一种携带性极强又便于起到辅助稳定作用的单脚架。

尽管将照相机架设在三脚架上已经相当稳定了,但用手指直接按下快门时,在有的情况下仍然会引起颤动而影响最终的成像质量。这时如果使用快门线来启动快门,让柔性的快门线抵消掉手部动作所产生的震动,照相机就会非常平稳地启动快门进行曝光。

● 图2-4-9 影室闪光灯

3. 遮光罩

遮光罩(图2-4-12)的作用容易被人们忽视。大多数旁轴式取景相机都不配有遮光罩,在拍摄处于侧光和逆光的景物时,有可能会有光线直接照射到镜头;如果有个遮光罩为镜头遮挡一下,就可以避免镜头产生眩光的现象,得到更好的色彩饱和度。

4. 摄影包和器材箱

作为摄影器材收纳用的摄影包或者是器材箱,可以说是必不可少的用具。可将设备收笼整齐便于取用,在外出拍摄时也便于携带,还可以防止因为碰撞或遭受雨淋而造成的器材损坏。摄影背心也是非常有用的装备,它可以将一些常用的小件用品放置在口袋里,便于随时取用。

● 图 2-4-10 三脚架

● 图 2-4-11 快门线

● 图 2-4-12 遮光罩

● 图 2-4-13 测光表

重点提示

手持照相机进行拍摄时，注意正确的持机方法（图2-4-14），方法得当有助于持稳相机。

● 图 2-4-14 手持相机的方法

● 图 2-4-15 静物台

附件中还有近摄镜、近摄接圈和近摄皮腔、测光表（图2-4-13）。除三脚架外，摄影中一般采用手持相机的方式进行拍摄（图2-4-14），在一些特殊情况下还会使用静物微距拍摄支架、静物台（图2-4-15）等等。

本章小结

本章主要介绍了相机的分类，其中最常用的是135单镜头反光照相机；讲述了相机的基本构造、工作原理、数字摄影的常用知识、数码相机的基本操作方法及摄影附件，重点是数码相机的使用方法和注意事项。

思考与练习

1. 去你所在城市的专业照相器材市场做一次市场调研，试着做一个购机预算方案。

2. 熟读你现有《相机说明书》，了解每一个细节，这样你的机器才能更好地发挥作用。

3. 熟练操作你的相机，在自然光下分别用M/P/A/S档拍摄一组影像作品。

第三章　摄影技术基础

第一节　镜头焦距的作用和表现

第二节　快门、光圈的控制和作用

第三节　景深的控制和作用

第四节　摄影曝光的控制和作用

学习目标 （本章建议课时：8 课时）

知识目标：

- 了解镜头焦距的一般含义，掌握不同焦距在实际拍摄中的不同表现效果。

- 了解光圈和快门在曝光组合中的控制作用，了解不同的光圈和快门速度对成像的影响。

- 在拍摄时，针对不同的景物和光照条件，能合理调整曝光，达到理想的曝光效果。

能力目标：

- 能根据拍摄的题材和对象合理选用适当的焦距。

- 在曝光组合中，尤其是在拍摄运动题材时，能合理设置快门速度和光圈。

- 能根据拍摄题材对象的要求，合理设置景深的相关因素，拍摄出理想的景深效果。

- 在相机测光出现偏差时，具备合理调整曝光的能力。根据需要的照片艺术效果选择合理的曝光量。

在摄影基础技能中，镜头焦距直接影响拍摄时的取景范围和成像角度。在同样的光圈条件下，不同镜头焦距的景深效果是不一样的，要根据拍摄对象和题材以及理想的拍摄效果来选择合适的焦距。**快门速度和光圈是曝光的两个核心的控制因素**，不同的快门速度和光圈对成像效果会有不同影响。在拍摄大面积浅色景物或深色景物时，或者在复杂光线条件下，相机的测光可能会出现偏差，这时要及时调整曝光量。通过这几个方面的学习和实践，可以掌握摄影的基本技能。

第一节　镜头焦距的作用和表现

如同人的眼睛一样，镜头是相机成像的关键元件，也是影响成像效果的最根本因素。但与人的眼睛不同的是相机镜头的成像角度是可以变化的，从超过 180° 的超广角镜头到几度的超望远镜头都可以在各类摄影活动中见到。现代的摄影镜头大多数都是具备变焦功能的变焦镜头，一个镜头包含了多个焦段的成像功能，给拍摄带来了极大的便利。

一、什么是焦距

所有的相机镜头都可以看作是一个凸透镜，从单片的凸透镜发展演变而来，现代镜头由多片透镜构成（采用多片的结构是为了修正和改善镜头成像的一些缺陷，从而获得良好的成像效果）。当一个凸透镜对一个无限远的景物成像，从透镜至清晰的成像焦点的距离就是这个透镜的焦距。如图3-1-1就是一个50 mm镜头的焦距示意图。

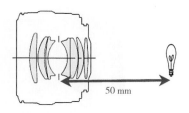

● 图3-1-1 50 mm镜头焦距示意图

二、镜头的分类

不同焦距的镜头其成像角度是不一样的，焦距越短的镜头成像角度越广，焦距越长的镜头成像角度越窄，所以焦距较短的镜头又称为广角镜头，焦距较长的称为长焦镜头或望远镜头。根据镜头的焦距和用途，一般可分为鱼眼镜头、广角镜头、标准镜头、中焦镜头、长焦镜头、超长焦镜头（图3-1-2）。

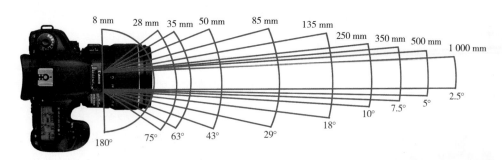

● 图3-1-2 135相机镜头焦距与拍摄角度

1. 鱼眼镜头

鱼眼镜头的焦距极短，以135相机为例，一般在16 mm以下，成像角度极广，接近或达到180°，因其前镜片向外突出类似鱼眼而得名。鱼眼镜头的成像角度远远超过人类眼睛的视角，产生极度夸张的效果，边缘有明显的变形，能拍摄非常戏剧化的图像（图3-1-3、图3-1-4）。

● 图3-1-3 8 mm鱼眼镜头

● 图3-1-4 鱼眼镜头拍摄效果

● 图 3-1-5 28 mm 广角镜头

● 图 3-1-6 广角镜头拍摄效果

● 图 3-1-7 50 mm 标准镜头

● 图 3-1-8 标准镜头拍摄效果

2. 广角镜头

以 135 相机为例，广角镜头的焦距一般在 17~35 mm 之间，广角镜头的视角比人眼视角要广一些，非常适合拍摄范围宽广的风景或者近距离拍摄大视角的景物。广角镜头拍摄的景物有很强的透视关系，特别是有线条排列的景物，能产生强烈的汇聚效果，近距离和远距离的景物对比明显，有明显的空间距离感。广角镜头在风光摄影和纪实摄影中常用，在实际使用**中应该注意广角镜头产生的透视关系**，在拍摄一些建筑和人物等题材时，尽量避免不合适的透视畸变。反之也可以利用广角镜头的夸张变形拍摄一些诙谐有趣的戏剧化照片（图 3-1-5、图 3-1-6）。

3. 标准镜头

以 135 相机为例，标准镜头的焦距一般为 40~60 mm，因为其拍摄的视角接近人眼的视角而被称为标准镜头。标准镜头拍摄的照片给人以平实的视觉效果，所以在实际的拍摄中，它的使用频率是较高的。但是，由于标准镜头的视角效果与人眼视角效果相似，所以**用标准镜头拍摄的画面效果会显得比较普通**，与广角镜头强烈的透视效果和长焦镜头的空间距离压缩效果相比，甚至可以说是十分"平淡"的，因此，要用标准镜头拍出生动的画面来是相当不容易的。但是，标准镜头所表现的视觉效果有一种自然的亲近感，用标准镜头拍摄时与被摄物的距离也较适中，所以在一般的风景、人像、抓拍等场合使用较多。在许多纪实摄影中，标准镜头经常被使用，它可以兼顾较近距离的主体和一定范围的背景，所以很适合拍摄环境中的主体对象（图 3-1-7、图 3-1-8）。

4. 中焦镜头

中焦镜头又称人像镜头，以 135 相机为例，一般中焦镜头的焦距在 70~135 mm 之间。**中焦镜头特别适合拍摄中近距离内的半身人像**，较窄的视角和较浅的景深可以比较突出地表现人物，所以**中焦镜头又被称为人像镜头**（图 3-1-9、图 3-1-10）。

● 图 3-1-9　85 mm 中焦镜头　　　● 图 3-1-10　中焦镜头拍摄效果　刘耀先　摄

5. 长焦镜头

以 135 相机为例，焦距在 135~300 mm 之间的镜头被称为长焦镜头。长焦镜头的拍摄视角很窄，在拍摄时可以产生将远处景物拉近的效果，所以又称为望远镜头。**长焦镜头主要用来拍摄较远距离的景物**，尤其在无法靠近拍摄对象的情况下，长焦镜头可以发挥优势，比如体育比赛，远距离风景等。长焦镜头拍摄的照片**一般具有景深较浅、透视关系不明显、景物层次压缩重叠的特点**。由于长焦镜头的视角窄小而且通常镜头的体积和重量也较大，所以经常需要使用三脚架来固定拍摄以获得清晰的影像（图 3-1-11 至图 3-1-13 ）。

● 图 3-1-11　300 mm 长焦镜头

● 图 3-1-12　长焦镜头拍摄效果　刘耀先　摄　　　　● 图 3-1-13　长焦镜头拍摄效果　刘耀先　摄

6. 超长焦镜头

以 135 相机为例，焦距超过 300 mm 以上的镜头称为超长焦镜头。超长焦镜头具有极浅的景深和较大的体积，主要运用在野生动物、体育比赛、天文摄影等领域（图 3-1-14、图 3-1-15 ）。

● 图 3-1-14　800 mm 超长焦镜头

● 图 3-1-15　超长焦镜头拍摄效果

三、不同焦距镜头的表现

不同焦距的镜头之间主要区别是成像视角的不同，广角镜头成像视角大，长焦镜头成像视角小（图 3-1-16 至图 3-1-23）。

● 图 3-1-16　24 mm 镜头拍摄　刘耀先　摄

● 图 3-1-17　28 mm 镜头拍摄　刘耀先　摄

● 图 3-1-18　35 mm 镜头拍摄　刘耀先　摄

● 图 3-1-19　50 mm 镜头拍摄　刘耀先　摄

● 图 3-1-20 70 mm 镜头拍摄 刘耀先 摄

● 图 3-1-21 100 mm 镜头拍摄 刘耀先 摄

● 图 3-1-22 135 mm 镜头拍摄 刘耀先 摄

● 图 3-1-23 200 mm 镜头拍摄 刘耀先 摄

　　除此以外不同焦距镜头的透视效果也是不一样的。广角镜头透视效果强烈，长焦镜头透视效果较弱。在拍摄同样距离的景物时，广角镜头的景深范围大（即从前到后的清晰范围大），长焦镜头的景深范围小（图3-1-24 至图 3-1-27 ）。

● 图 3-1-24 广角镜头拍摄的风景 刘耀先 摄

● 图 3-1-25 长焦镜头拍摄的风景 刘耀先 摄

● 图 3-1-26 广角镜头拍摄的人物 刘耀先 摄　　● 图 3-1-27 长焦镜头拍摄的动物 刘耀先 摄

　　在实际拍摄中，应该根据拍摄的题材和要获得的照片效果与风格来选择合适焦距的镜头。同样是拍摄人像，用中焦镜头可以获得人物突出、背景虚化、优美真实的人像照片，而用广角镜头拍摄的人像则可以表现夸张的透视，产生戏剧化的照片效果。对于相同的景物，不同焦距的镜头表现出来的风格效果也是不一样的。

　　用不同焦距的镜头拍摄成像同等大小的主体，其背景涵盖的范围是不一样的，请注意图 3-1-28 至图 3-1-31 图例中背景的差异（广角镜头的背景范围大，长焦镜头的背景范围小）。

● 图 3-1-28 24 mm 焦距，背景范围较大 刘耀先 摄　　● 图 3-1-29 35 mm 焦距拍摄 刘耀先 摄

● 图 3-1-30　50 mm 焦距拍摄　刘耀先　摄　　　　● 图 3-1-31　70 mm 焦距，背景范围较小　刘耀先　摄

重点提示

　　不同焦距镜头的透视效果是不一样的，表现风格也有明显区别。拍摄时要根据不同的题材和表现对象来选择合适的焦距，比如大范围的景物可以用广角镜头，人像可以用 80~135 mm 焦距的镜头。

第二节　快门、光圈的控制和作用

　　摄影最初是获得一张曝光正确的照片，即照片的层次、色彩清晰完整，准确地还原景物，要做到这一点就要在拍摄时选择合适的曝光。不管是传统的胶卷相机还是时尚的数码相机，其曝光原理都是一样的，即在特定的光照条件下，控制到达胶卷或数码感光元件的光量。相机上有两个装置是用来控制透过镜头的光量的，一个是快门，一个是光圈。

一、快门速度与拍摄效果

　　快门是相机中一个可以控制开合时间的叶片或帘幕装置，平视取景相机的快门一般是在镜头中间的叶片快门，单镜头反光相机的快门一般是在感光元件前面的帘幕快门。常见的快门速度由几十秒到几千分之一秒。如 30 s、15 s、8 s、4 s、2 s、1 s、1/2 s、1/4 s、1/8 s、1/16 s、1/30 s、1/60 s、1/125 s、1/250 s、1/500 s、1/1 000 s、1/2 000 s、1/4 000 s、1/8 000 s 等。快门速度一般是以倍数递增的，在现代相机中也有的可以在两挡快门速度之间再分设 1/2 挡或 1/3 挡，这样可以更加细致地控制曝光时间。现代的相机大多都有机内的测光装置和自动曝光功能，可以先设置一个快门速度，然后进行测光和曝光，这种拍摄方式也

● 图 3-2-1 手持拍摄，焦距 70 mm，快门速度 1/80 s 条件下，照片清晰 刘耀先 摄

● 图 3-2-2 手持拍摄，焦距 70 mm，快门速度 1/30 s 条件下，照片模糊 刘耀先 摄

叫快门先决或快门优先，一般用"T"或"Tv"表示。

选择哪一挡快门来拍摄照片可以参考以下两个方面。

1. 手持拍摄的抖动问题

手持相机拍摄时，快门速度过低拍摄的照片可能会因为手的抖动而成像模糊。要解决这个问题必须使用较快的快门速度。可以参考拍摄时使用镜头的焦距，**然后选择小于焦距倒数的快门速度来拍摄**。例如使用 50 mm 的镜头拍摄时，快门速度应该设置为 1/50 s、1/125 s、1/250 s……或者使用三脚架来固定相机，防止因快门时间过慢而产生抖动模糊的照片。如图 3-2-1 采用 70 mm 镜头拍摄时，使用了 1/80 s 的快门速度，取得了清晰的画面效果；而图 3-2-2 采用同样焦距的镜头，因使用 1/30 s 的快门速度而导致画面模糊。

2. 拍摄对象是静止还是运动的

当拍摄运动物体时，如果要将运动物体拍摄清楚，必须尽量使用较快的快门速度。例如体育竞技项目，可能要使用 1/500 s 以上的快门速度，这样才能将人物动作清楚地凝固下来（图 3-2-3、图 3-2-4）。拍摄运动物体时，**快门速度的选择和运动物体的运动速度有关**，运动速度越快，应该选择更快的快门速度，如 1/1 000 s~ 1/8 000 s。快门速度的选择还与运动物体和相机之间的距离有关，同样的运动物体，**距离越近快门速度应该越快**，距离越远快门速度可以适当降低一些。

相反，**如果要拍摄出运动物体的动感则需要使用较慢的速度来拍摄**。例如，拍摄燃放的烟火，一般需要

● 图 3-2-3 高速拍摄的体育运动 刘耀先 摄

● 图 3-2-4 高速拍摄的飞鸟 刘耀先 摄

使用几秒以上的长时间来记录烟火的运动轨迹；慢速跟拍也是使用较低的快门速度（图3-2-5 至图 3-2-7）。在拍摄运动物体时，首先要根据拍摄对象的运动情况、距离远近以及要获得的照片效果来选择合适的快门速度，所以快门优先模式是拍摄运动物体的常用曝光模式。具体快门速度的选择可以在拍摄实践中逐渐积累经验。

二、光圈的控制和作用

光圈是控制曝光的另一个重要因素。光圈是一组环形的、可以控制通光孔径大小的叶片装置，其作用就好像一个房间的窗帘，开得大些进来的光就多些，开得小些进来的光就少些。光圈的大小是用镜头焦距和光圈孔直径的比值来表示的，例如，焦距为 50 mm 的镜头，当光圈孔径开到 25 mm 时，其光圈值就是 2（50÷25=2），当光圈孔径开到 6.25 mm 时，其光圈值就是 8（50÷6.25=8），由此可以看出，光圈值的数字越小，光圈的孔径越大，光圈值的数字越大，光圈的孔径越小，也就是说**小数字的是大光圈，大数字的是小光圈**。光圈值是用"f"来表示的，常见的光圈分挡一般是：f1、f1.4、f2、f2.8、f4、f5.6、f8、f11、f16、f22、f32等（图 3-2-8），每相邻的两挡光圈的通光量相差一挡，现代相机为了精确控制曝光，也有在两挡光圈之间再细分为 1/2 或 1/3 挡。

在拍摄照片时，首先设置光圈值来进行测光和曝光的方式叫做光圈先决或光圈优先，一般用"A"或"Av"表示。

光圈的调整在拍摄过程中有以下三个作用。

① 光圈的放大或缩小，控制镜头通光量的多少。

② 不同的光圈会影响照片清晰范围的大

● 图 3-2-5 慢速拍摄的流水，快门速度 1 s 刘耀先 摄

● 图 3-2-6 慢速拍摄的焰火，快门速度 2 s 刘耀先 摄

● 图 3-2-7 慢速跟拍的行人，快门速度 1/15 s 刘耀先 摄

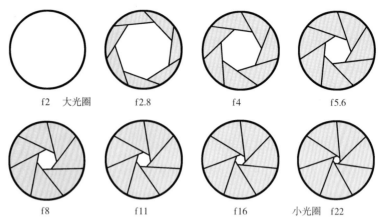

● 图 3-2-8　光圈示意图

小，也就是景深的大小（见本章第三节"景深的控制和作用"）。大光圈景深小，小光圈景深大（图 3-2-9、图 3-2-10）。

● 图 3-2-9　大光圈清晰范围小　　● 图 3-2-10　小光圈清晰范围大
　（f2.8）刘耀先　摄　　　　　　　（f16）刘耀先　摄

　　光圈通光量的控制和快门开合时间的长短组合在一起就是曝光量的控制。由于曝光时间长短的可变性和光圈大小的可变性，光圈和快门速度的曝光组合是可以互相置换的，只要控制得当，不同方式的组合可以使感光元件得到一样的曝光量。这种在相同的曝光量的条件下，进行快门速度和光圈置换的关系称为"倒易率"。例如 1/125 s+f11 的曝光组合可以利用倒易率进行如下的推算，这其中任何一组曝光组合的曝光量都是一样的，都可以取得与 1/125 s+f11 一样的曝光量。

1/4 000 s+f2	1/250 s+f8
1/2 000 s+f2.8	1/125 s+f11
1/1 000 s+f4	1/60 s+f16
1/500 s+f5.6	1/30 s+f22

上面的每一组曝光组合在同等条件下拍得的照片色彩深浅程度是一样的。但是由于光圈的变化，画面中景物的清晰范围可能是不同的，尤其是在前后景物距离很大的状态下，对焦点的前后清晰范围会有明显差异。大光圈时清晰范围很小，小光圈时清晰范围较大。所以要根据照片需要的效果选择合适的光圈。在一些中高档的单反相机上设置了景深预视按钮，可以用来观察实际拍摄时的清晰范围。

③ 控制镜头的像质。几乎所有的镜头在最大光圈时的成像质量都较差，光圈缩小会改善成像质量。但当光圈缩小到一定程度后，由于衍射的原因成像质量又变差。

在最大光圈下，镜头的成像质量较差，清晰度较低；随着光圈的收小，镜头的成像效果会改善。一般定焦镜头的最佳光圈在最大光圈后的2~3挡，例如，最大光圈为f2.8的定焦镜头其最佳光圈在f5.6~8左右。变焦镜头的最佳光圈一般还会稍微再后面一些。鉴于光圈的这个特性，在拍摄风光等大范围细节丰富的照片时，可以采用较小的光圈（图3-2-11）。而在拍摄人像，尤其是儿童和女性人像时，可以采用大光圈，这样可以适当柔化画面，使照片看起来更悦目（图3-2-12）。

> **重点提示**
>
> 光圈和快门组合在一起可以控制曝光量的多少，不同的光圈和快门速度对成像效果也有影响。光圈和景深相关，大光圈小景深，小光圈大景深。慢速度易模糊，可以记录运动轨迹；高速度凝固运动物体，适合拍摄运动题材。

● 图 3-2-11　小光圈拍摄的风景（f16），景深范围大，画质清晰 ● 图 3-2-12　大光圈拍摄的人像（f2.8），景深范围小，画质柔和
　刘耀先　摄　　　　　　　　　　　　　　　　　　　　　　　　　刘耀先　摄

第三节　景深的控制和作用

在拍摄照片时，对某一物体聚焦，从聚焦点前面的某一段到焦点后面的某一段距离内的景物都是清晰的，这段从前到后都清晰的距离就是景深（图3-3-1）。清晰范围大叫做大景深，清晰范围小叫做小景深。

景深和三个因素有直接关系。

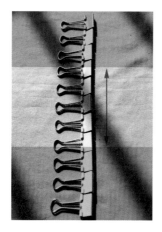

● 图 3-3-1　景深示意图
　　刘耀先　摄

一、景深和光圈

景深和光圈大小有关。在焦距和摄距（相机到被摄物之间的距离）一定的情况下，大光圈景深小，小光圈景深大（图 3-3-2 至图 3-3-8）。

二、景深和镜头焦距

景深和镜头焦距有关。在物距和光圈一定的情况下，镜头的焦距短景深大，镜头的焦距长景深就小（图 3-3-9、图 3-3-10）。

三、景深和摄距

景深和摄距，即相机到被摄物之间的距离有关。在焦距和光圈一定的情况下，摄距短的景深小，摄距长的景深大（图 3-3-11、图 3-3-12）。

当拍摄的景物从前到后有很长的距离时，根据不同成像效果的要求，需要对景深进行控制。拍摄反映自然风景的照片，通常需要使用大景深（小光圈），这样可以表现丰富的细节和自然形态；拍摄复杂环境中的人像等主体时，需要将主体突出表现，使主体和背景或前景分离开来，这

● 图 3-3-2　光圈 f2.8　刘耀先　摄

● 图 3-3-3　光圈 f4　刘耀先　摄

● 图 3-3-4　光圈 f5.6　刘耀先　摄

● 图 3-3-5　光圈 f8　刘耀先　摄

● 图 3-3-6 光圈 f11 刘耀先 摄

● 图 3-3-7 光圈 f16 刘耀先 摄

● 图 3-3-8 光圈 f22 刘耀先 摄

● 图 3-3-9 焦距 40 mm，光圈 f5.6，清晰范围（景深）较大
　　刘耀先 摄

● 图 3-3-10 焦距 70 mm，光圈 f5.6，清晰范围（景深）较小
　　刘耀先 摄

● 图 3-3-11 焦距 70 mm，光圈 f5.6，距离 1 m，景深较小
　　刘耀先 摄

样就需要尽可能使用小景深（大光圈），使背景或前景虚化而主体清晰。

　　在一些光照条件比较差的情况下拍摄，尤其是手持拍摄时，因为光
照度低，所以可能要使用很大的光圈，这时需要拍摄的照片有较大的景深，
可以使用较短的镜头焦距来达到较大的景深。

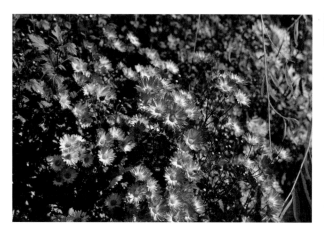

● 图 3-3-12　焦距 70 mm，光圈 f5.6，距离 1.5 m，景深较大
　　刘耀先　摄

景深是画面清晰范围的主要指标，可以从三个方面控制：

同等焦距和物距下，大光圈小景深，小光圈大景深。

同等距离和光圈下，短焦距大景深，长焦距小景深。

同等焦距和光圈下，物距近小景深，物距远大景深。

从照片的表现风格来说，大景深表现的是写实的效果，小景深则带有一定意味的浪漫戏剧化的效果，小景深表现出来的虚实对比效果也是形式美法则之一，在画面效果上能带来赏心悦目的艺术美感。

第四节　摄影曝光的控制和作用

现在大多数相机都有机内测光和曝光装置，这给摄影带来了极大的便利。相机的测光是将所有景物当做 18% 的灰度来测光的，这样就导致在拍摄大面积深黑色物体和大面积白色物体时，由相机自动测光会出现曝光的偏差，黑色景物拍出来是深灰色，白色景物拍出来是浅灰色，**在这种情况下就要对相机的曝光进行调整**，在拍摄大面积深黑色物体时要减少曝光量，而拍摄大面积白色物体时要增加曝光量（图 3-4-1 至图 3-4-4），这样才能比较准确地还原景物的色彩和层次。

● 图 3-4-1　相机直接测光对大面积黑色物体进行拍摄，曝光过度，黑色物体呈现黑灰色效果，边上的浅色物体有些部分已失去层次细节　刘耀先　摄

● 图 3-4-2　在相机自动测光的基础上减少 1.5 挡曝光，黑色物体表现准确，浅色物体层次细节完整　刘耀先　摄

● 图 3-4-3 相机直接测光对大面积浅色物体进行拍摄，曝光不足，浅色物体颜色偏深，画面沉闷 刘耀先 摄　● 图 3-4-4 在相机自动测光的基础上增加 1.5 挡曝光，浅色物体表现准确，画面清新透亮 刘耀先 摄

另外在摄影的创意表现中，可能需要有意地提亮照片的色彩层次或者压暗照片的色彩以达到特别明亮轻快的高调效果或者特别深沉的低调效果（图 3-4-5、图 3-4-6），这样也需要对曝光进行适当的增加或者减少。

● 图 3-4-5 白天正常曝光的风景 刘耀先 摄　● 图 3-4-6 在正常测光的基础上减少 3 挡曝光，获得夜景效果 刘耀先 摄

重点提示

相机测光不是万能的，在特别暗、特别亮或者大光比的情况下会出现失误，一般来说特别暗的情况下要酌情减少曝光，特别亮的情况下要酌情增加曝光量。如果要得到高调照片要增加曝光量，要得到低调照片要减少曝光量。

本章小结

本章主要介绍了不同焦距镜头的特性以及适合的拍摄题材和对象，通过学习可以掌握各类焦距镜头的成像性能，有针对地选择合适的镜头来拍摄。镜头类型如下：

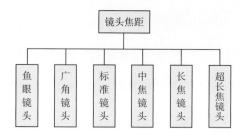

摄影曝光主要介绍了快门速度和光圈对拍摄效果的影响，在拍摄时应该根据拍摄的题材对象和画面要求来确定合理的快门速度和光圈。具体内容与关系如下：

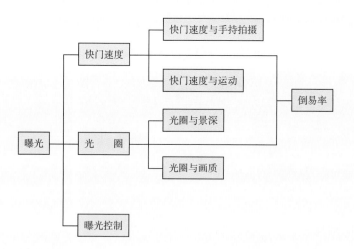

思考与练习

1. 用不同镜头焦距拍摄同一个静物，要有背景环境，如房间、室外等。要求静物在各焦距拍摄的画面中大小相同，观察体会不同焦距的拍摄差异。

2. 用不同的快门速度拍摄一组同一运动物体，如行走的人、水龙头的流水等，观察不同快门速度拍摄的差异。

3. 用不同的光圈拍摄纵向排列的五个瓶子，对焦点为中间的第三个瓶子。观察体会光圈和景深的关系。

4. 拍摄黑色背景布上的一个苹果，分别用正常测光、减少$\frac{1}{2}$挡曝光、减少 1 挡曝光、减少 $1\frac{1}{2}$ 挡曝光、减少 2 挡曝光拍摄 5 张照片，观察不同曝光的效果差异，选出最接近实物的照片。

第四章 摄影用光

第一节　常见可见光的种类及特点

第二节　摄影用光的基本要素

学习目标 （本章建议课时：8 课时）

知识目标：

- 学习各种类型、各种角度光线的拍摄效果。
- 了解不同性质的光的表现效果，通过实践拍摄体会。
- 通过学习形成对光的控制能力，合理使用各种用光技法。

能力目标：

- 根据拍摄题材对象，合理选择光线的方向角度。
- 掌握布光技术，控制光比、光的色彩表现能力。

　　光是摄影的灵魂，没有光就无法拍照。在拍摄照片时如果不注意光的使用和恰当的表现，拍出的照片就会显得平淡无味，甚至令人反感，而合理地使用光线，可以完美地表现景物，提升被摄物的美感，营造画面的艺术效果。

第一节　常见可见光的种类及特点

　　几乎所有的可见光都可以用来拍摄照片，常见的光源有日月、摄影专用灯具、一般照明灯具、火源、物体反射光等。

一、自然光

　　太阳是最常见的摄影光源，所有的白天室外摄影都是以太阳光作为光源的。原来的彩色胶卷和现代的数码摄影都是将白天的一般日光（色温 5 500 k）作为色彩还原的标准光源。在白天的大多数时间，景物的色彩都可以比较准确地还原。在日出和日落时，阳光的色温较低，可以拍出暖调的色彩效果（图 4-1-1、图 4-1-2）。阳光直射的情况下，光线的方向清楚，可以选择合适的光线位置和角度来拍摄。阴天时，由于云层的散射，光线的方向不明确，形成散射光的效果，景物的光影效果比较平淡（图 4-1-3、图 4-1-4）。

二、人造光源

　　摄影专用的光源常见的有电子闪光灯（图 4-1-5）和影室灯，这两种光源的色温和普通阳光类似；光线的强度和方向可以人为控制，合理使用可以表现出理想的光照效果。影室灯还有许多附件，如柔光箱、反射罩、束光桶、蜂巢片、滤色片等（图 4-1-6 至图 4-1-10），可以创造

● 图 4-1-1　普通日光拍摄效果，色彩真实

● 图 4-1-2　日落时日光的暖色效果　刘耀先　摄

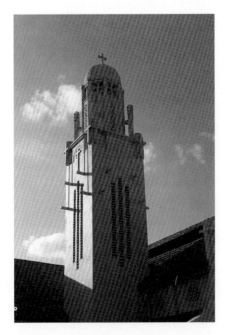

● 图 4-1-3　直射阳光拍摄效果，光影对比
　　明显，景物反差大

● 图 4-1-4　散射阳光拍摄效果，光影对比
　　较弱，景物反差小　刘耀先　摄

● 图 4-1-5　电子闪光灯

● 图 4-1-6　遮光罩、滤色片、蜂巢片

● 图 4-1-7　带柔光箱的影室灯

● 图 4-1-8　带反射罩的影室灯

● 图 4-1-9　带束光桶的影室灯

● 图 4-1-10　带遮光罩和蜂巢片的影室灯

出不同的光线效果。两盏以上的灯光结合使用可以取得更加细致理想的布光效果，在专业的人像、广告摄影等领域经常使用。

　　另外，室内的常用光源还有白炽灯、荧光灯等光源，这类光源和普通阳光的色温有明显差异，如果不加矫正，拍出的照片会有明显的偏色。现代的数码相机中都设置了常见的光源选择项，可以根据光源来选择相应的选项，这也是常说的白平衡。选择不匹配的白平衡选项可以得到明显偏色的照片，有时会给画面色彩的创意带来不寻常的效果（图 4-1-11 至图 4-1-14）。

　　直射光经物体反射后，光的强度会降低，方向性变弱，这样可以得到柔和的光照效果。如果在影室灯上加蜂巢片或束光桶则可以加强光的指向性，可以获得集中直射的光线（图 4-1-15 至图 4-1-18）。如果反射物是有颜色的拍出的照片则会带有明显的偏色效果（图 4-1-19）。

● 图 4-1-11 白平衡设为日光

● 图 4-1-12 白平衡设为室内

● 图 4-1-13 白平衡设为阴天

● 图 4-1-14 白平衡设为白炽灯 刘耀先 摄

● 图 4-1-15　带反射罩的影室灯直射光拍摄效果

● 图 4-1-16　带柔光箱的影室灯拍摄效果

● 图 4-1-17　带蜂巢片的影室灯拍摄效果

● 图 4-1-18　经大面积反射光后的影室灯拍摄效果
刘耀先　摄

重点提示

日光是最常见的光源，普通日光是白平衡的标准，不同时刻色彩效果有变化。要注意合理使用白平衡。专门的摄影灯具附件丰富，可以准确控制光照效果，可以尝试拍摄不同对比的光照效果差异。

● 图 4-1-19　环境反射光的效果，杯子局部受红色背景的反射影响　刘耀先　摄

第二节　摄影用光的基本要素

一、光的位置角度

摄影用光首先要注意光源、被摄体和相机三者之间的位置关系，这是摄影用光的基础和关键。根据三者的位置关系和光照效果，通常将摄

影用光归纳为以下几种类型。

1. 正面光

正面光的光源和相机在相同的位置，相机和光源与被摄体之间几乎没有夹角，相机上的内藏闪光灯拍摄的照片就是典型的正面光效果。正面光使朝向相机的各面都受到比较均匀的光照，所以亮度接近，不利于表现景物的立体效果，对于物体表面细微的质感和肌理表现效果欠佳。景物边上看不到投影或投影很少。**正面光的效果比较生硬而且缺乏表现力，在一般情况下应该避免使用正面光**（图4-2-1、图4-2-2）。

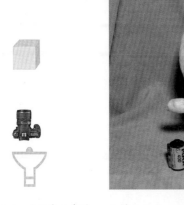

● 图4-2-1　正面光示意图　　● 图4-2-2　正面光拍摄效果

2. 侧面光

侧面光的光源和相机与被摄体之间有一定的夹角，角度在90°以内。侧面光的光照可以明显区分受光面和背光面。不同朝向的面的受光明暗差异明显。有明显的阴影，景物的立体感可以得到很好的表现，物体的质感和肌理都有清晰的体现。影调对比明显，层次丰富，是一种比较理想的光照类型。在各类摄影中被广泛地运用（图4-2-3至图4-2-6）。

● 图4-2-3　侧面光示意图　　● 图4-2-4　侧面光拍摄效果

● 图 4-2-6　侧面光静物　刘耀先　摄

● 图 4-2-5　侧面光风景　刘耀先　摄

3. 90°光

90°光又称侧逆光，侧逆光的光源和相机与被摄体之间的夹角为90°，只有朝向光源的侧面受光，其他部分则没有光照。如果侧面较小的话，可以形成强烈的明暗对比，背光面和阴影都非常清晰明显，利于表现景物一边的轮廓结构。有很强的光影对比效果，具有一定的戏剧化艺术效果（图4-2-7至图4-2-9）。

4. 逆光

逆光的光源和相机分别在被摄体相对的两边，大约是180°的夹角，逆光也可以叫做背光。逆光状态下，景物朝向相机的面都没有光照，大面积的物体都被阴影笼罩，只有物体的边缘被光线照亮，形成极强的对

● 图 4-2-7　90°光示意图　　● 图 4-2-8　90°光拍摄效果

● 图 4-2-9 90°光拍摄的风景 刘耀先 摄

比效果，适合表现景物的轮廓。如果配合深色背景使用可以获得大面积深色的低调照片。如果用逆光来拍摄透明或半透明物体则可以获得很好的透明或半透明质感。**在逆光状态下拍摄时需要对测光结果进行人为的修正**，如果要突出轮廓效果压暗背光部分，要适当减少曝光量；如果要表现背光部分的结构色彩则需要增加曝光量（图 4-2-10 至图 4-2-13）。

5. 顶光和底光

顶光和底光的位置关系和90°光类似，可以当做特殊的90°光来看待，在拍摄人物时，会有比较特殊的光照效果，应注意合理使用（图 4-2-14 至图 4-2-16）。

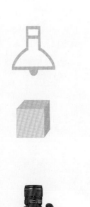

● 图 4-2-10 逆光示意图　　● 图 4-2-11 逆光拍摄效果

● 图 4-2-12 逆光下拍摄的景观 刘耀先 摄

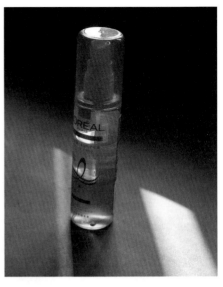

● 图 4-2-13 逆光有利于表现物体的透明质感
刘耀先 摄

● 图 4-2-14 顶光示意图　● 图 4-2-15 顶光拍摄效果

重点提示

　　光线是摄影表现的灵魂，不同的光线成像效果有很大的差异，要合理使用光线。正面光平淡无立体感；侧面光有对比、立体感强，适合题材范围最广；侧逆光强对比，景物轮廓突出；逆光效果戏剧化，剪影轮廓明显，透明景物质感强。

● 图 4-2-16 顶光拍摄的静物 刘耀先 摄

二、光的基本性质

摄影的用光除了要注意光源的位置角度，还要区别不同类型性质光源的照射效果，一般来说主要从光的强度、集散程度、光的色温等方面来区别。

1. 光的强度

光源发出的光直接照射到景物上就是直射光，直射的高强度的光线亮度高，方向性明显。拍出的照片对比明显，纹理层次清晰，属于硬质的光线效果。这种类型的光源有直射的太阳光、相机内置的闪光灯、影室灯、直接照射的其他灯具光源等（图 4-2-17、图 4-2-18）。

光源发出的光线经过半透明物体或浅色物体的反射就会柔化和散射。经过反射或者柔化的光源方向性较弱，光的强度也相应降低，拍出的照片光影对比柔和，过渡自然，属于软质的光线效果。这种类型的光源有各种光源的反射光、带大型柔光箱的影室灯、阴天的天光、室内自然光、晴天的阴影处等（图 4-2-19、图 4-2-20）。

● 图 4-2-17　直射光拍摄效果

● 图 4-2-18　直射光拍摄的风景

● 图 4-2-19　散射光拍摄效果　刘耀先　摄

● 图 4-2-20　散射光拍摄风景　刘耀先　摄

● 图 4-2-21 单光源直射光，大光比效果

● 图 4-2-22 单光源散射光，中等光比效果

● 图 4-2-23 单光源散射白背景，小光比效果 刘耀先 摄

2. 光比

在单一光线照射下，立体景物通常会产生受光面、背光面和阴影三个大的影调面，受光面和背光面的亮度差异就是摄影用光的光比。光比的大小直接影响画面的明暗对比效果，光比的大小和光源的强度与环境反射有关。如果环境都是深色，其反射率就比较小，产生的光比大。如果环境是明亮的浅色，其反射率就大，暗部会有一定的照亮，产生的光比就会小一些（图 4-2-21 至图 4-2-23）。**如果是用两个以上的光源，光比主要就是主光源和辅光源的亮度差异，应该根据拍摄效果的要求来合理控制主光源和辅光源的亮度，以达到理想的光比。**

另外，为了突出光源的照射效果，在一些摄影灯具上可以附加蜂巢片或者束光桶，光线的方向性更加强烈，产生类似聚光灯的照射效果（图 4-1-15 至图 4-1-18）。

3. 光的色彩

不同光源发出的光线具有不一样的色彩，在灯具的使用中为了获得带有色彩倾向的光线还可以在光源前面附加滤色片，这样可以获得明显的色光效果。如果是在辅光源上附加滤色片则可以获得局部的偏色效果（图 4-2-24 至图 4-2-26）。

● 图 4-2-24 光源加蓝色滤色片拍摄效果

● 图 4-2-25 光源加黄色滤色片拍摄效果

在日常的景物拍摄过程中经常会遇到各种不同的照明光源,这些不同的光源往往会使照片出现偏色效果,但这种偏色往往能很好地表现当时的现场气氛,所以在这种情况下就需要保留这种偏色的效果。在拍摄前一般要将相机的白平衡设置在日光状态下,因为光源偏色的对比标准是普通的日光。在自动白平衡状态下,相机会尽可能地反应出景物本身固有的颜色效果,所以只有把白平衡设置在日光状态才会表现出各种光源的不同色彩效果。

● 图 4-2-26　光源加绿色滤色片拍摄效果　刘耀先　摄

图 4-2-27 至图 4-2-31 都是偏色光源照明拍摄的效果,由于有明显的色彩倾向,照片的现场气氛非常强烈。为了明确地表现光源的色彩效果,在拍摄时白平衡选择了"日光"。画面的色彩倾向同时可以在视觉上给人强烈的色彩情感,这和绘画的色彩情感效果是类似的。通过学习相关的色彩知识来了解色彩的艺术魅力,有助于在进行创作时营造合适的色彩效果来表达创作意图。

一天的不同时刻阳光的色彩感觉是不同的,不同时刻拍摄的照片效果也很不同。日出和日落时色温偏低,拍摄的照片色彩会明显偏暖,普通日光下拍摄的景物色彩则比较真实。直射阳光的光照强,光的方向明显,会产生较强的光比效果,拍摄的景物质感纹理会比较明显。阴天或阴影处的光线是经过散射的散射光,光照强度较弱,方向性不明显,拍摄的景物光比小,色彩对比较弱,景物层次纹理平淡。另外,由于太阳由升到落的位置高度不一样,光照的角度位置差异很明显,造成拍摄效果不同。正是由于太阳光丰富的变化,景物才呈现出多姿多彩的效果,这也是风光摄影的魅力所在。下面是一天中不同时间和光线下的景物,可以看出光线在强度、集散性、色温、光比等方面的差异(图 4-2-32 至图 4-2-37)。

● 图 4-2-27　红色光源拍摄的人物和景物,相机白平衡设置为:日光　刘耀先　摄

● 图 4-2-28　紫色光源拍摄的景物,相机白平衡设置为:日光　刘耀先　摄

● 图 4-2-29 黄色光源拍摄的景物，相机白平衡设置为：日光
刘耀先 摄

● 图 4-2-31 蓝色光源拍摄的景物，相机白平衡设置为：日光
刘耀先 摄

重点提示

　　摄影用光要注意光的性质，一般来说主要通过光的方向角度、光的强度、光照的对比、光的色彩等几个方面来把握，合理选用光的性质来拍摄才能取得完美的画面效果。

● 图 4-2-30 彩色霓虹灯拍摄的景物，相机白平衡设置为：日光
刘耀先 摄

● 图 4-2-32 日光乍现的清晨 刘耀先 摄
　　暖色的阳光照射在云层上，呈现出红色。白平衡设置为：日光，曝光减2/3挡，使得色彩饱和稳重。

● 图 4-2-33　多云天气的日光风景　刘耀先　摄

　　光线强度比折射光稍弱，色彩真实，地面景物较天空稍暗。曝光减1/3挡以防止天空曝光过度。白平衡设置为：日光。

● 图 4-2-34　阴天风景　刘耀先　摄

　　散射光的光照均匀无方向感，景物的层次平淡，色彩偏灰。按一般测光曝光，白平衡设置为：日光。

● 图 4-2-35　晴天直射阳光风景　刘耀先　摄

　　光线的方向明显，层次纹理清晰，呈现出很强的立体效果。按一般测光曝光，白平衡设置为：日光。

● 图 4-2-36　低角度日照风景　刘耀先　摄

　　早晚的太阳角度低，景物会形成很长的阴影，光影效果较强。按一般测光曝光（如果阴影面积较多要稍减一些曝光），白平衡设置为：日光。

● 图 4-2-37　傍晚高色温风景　刘耀先摄

　　日光消失后，天空的蓝色反射到建筑物上产生高色温的蓝调色彩。按一般测光减2/3挡曝光，白平衡设置为：日光。

三、光在摄影中的作用

光在摄影表现中的作用如下。

1. 光是摄影的必要条件

如同人的眼睛可以看到景物一样，摄影的成像也是光在景物上被反射的结果。没有光就无法记录景物，光是摄影的必要条件，这也是光在摄影中最基本的作用。

2. 表现和传递被摄物的基本信息

合理的用光可以准确地表现被摄物的外形结构、色彩、体积、景物的质感肌理、空间的深度以及环境气氛等因素，不合理的用光则不能完美地表现以上景物特征（图 4-2-38 至图 4-2-43 ）。

3. 光线的效果决定了画面的影调效果

色彩的反差对比、合理的布光可以得到符合艺术形式美感的照片。不同的布光可以表现主体和背景环境的不同对比关系，明亮的主体和深色的背景对比可以让主体更加突出，若主体的色彩层次和背景环境比较接近则可能会使二者非常协调或者混杂一体。所以，要根据画面的表现要求来合理用光（图 4-2-44 至图 4-2-50 ）。

4. 决定照片的画面气氛

相同的景物在不同的时间光线下给人的视觉感受是不一样的。引起人们对景物喜怒哀乐的各种情绪反应，同时也体现出摄影师在摄影表现中的画面艺术情趣、思想追求以及摄影所要表现的题材和情节（图 4-2-51 至图 4-2-54 ）。

● 图 4-2-38　清晨江边风景　刘耀先
　摄

　　清晨的散射天光，使得江边的云雾水气
得以表现，景物色彩较含糊，正好契合清晨
江边的特征。按一般测光曝光，白平衡设置
为：日光。

● 图 4-2-39　植物叶子的形态质感的
　表现　刘耀先　摄

　　高角度的天光使叶子表面产生反光，叶
子形态突出，质感纹理得到很好表现。按一
般测光曝光，白平衡设置为：日光。

● 图 4-2-40　树干的形态肌理的表现
　刘耀先　摄

　　侧逆光产生强明暗对比，树干质感强烈。
按亮部测光，白平衡设置为：日光。

● 图 4-2-41　石雕的质感和结构的表
　　现　刘耀先　摄

　　射灯侧面光照明，石雕的质感强烈，立
体感强，光线的方向集中，主体突出。按一
般测光曝光，白平衡设置为：自动白平衡。

● 图 4-2-42　空间结构和银幕的透明
　　质感的表现　刘耀先　摄

　　现场照明光线多样，专业的灯光照明很
好地表现出景物的立体感，透视效果，景物
空间感。按一般测光减1/3挡，白平衡设置
为：自动白平衡。

● 图 4-2-43　夜市环境气氛的表现
　　刘耀先　摄

　　现场灯光照明保留了现场气氛，明暗对
比强烈。使用局部测光或在一般测光的基础
上减1挡曝光，白平衡设置为：日光。

● 图 4-2-44 广告静物摄影
　　刘耀先　摄

　　影室灯带柔光箱的侧面光拍摄效果，黑色
背景和红色卡纸形成深沉饱和的色调，营造高
贵华丽的视觉效果。白平衡设置为：闪光灯。

● 图 4-2-45 广告静物摄影　刘耀先　摄

　　影室灯经大面积反射产生较均匀柔和的
光线，加上明亮的金色卡纸，从而形成明快
亮丽的影调。白平衡设置为：闪光灯。

● 图 4-2-46 风景摄影　刘耀先　摄

　　较暗的日光只照亮天空，水中的倒影、
山和远景没有光照，形成剪影，画面对比较强，
层次单纯。按天空测光，白平衡设置为：日光。

● 图 4-2-47 景观摄影 刘耀先 摄

　　傍晚时天空还有一定的亮度，四周景物和主体亮度差异不是太大，形成主次关系明显、影调丰富、色彩饱和的效果。按一般测光减2/3挡曝光，白平衡设置为：自动白平衡。

● 图 4-2-48 景观摄影 刘耀先 摄

　　与图 4-2-47 是相同的景物，在夜间拍摄，主体灯光明亮，四周景物相对很暗，主体和背景产生极强对比，影调深沉响亮。按主体亮部测光，白平衡设置为：自动白平衡。

● 图 4-2-49 建筑摄影 刘耀先 摄

　　阴沉的天空形成深暗的背景，主体房屋较亮，大面积深色调营造出压抑诡秘的视觉效果。按一般测光减1挡曝光，色彩选择黑白。

● 图4-2-50 景物摄影 刘耀先 摄

　　高对比饱和色调，影调丰富，层次清晰。
按亮部测光或一般测光减1挡。白平衡设置为：
日光。

● 图4-2-51 历史景物摄影 刘耀先 摄

　　明媚清晰的光感表现灿烂的历史文化。
逆光，按平均测光加1挡曝光，使得色彩尽量
明快，后期适当增加光的照射效果。白平衡
设置为：日光。

● 图4-2-52 风景摄影 刘耀先 摄

　　秋季清晨艳丽如画的风景，使用逆光，
光比中等，主体突出，树叶的色彩感得以强调，
主次层次清晰，富于画意。按一般测光曝光，
白平衡设置为：日光。

● 图4-2-53 宗教活动摄影 刘耀先 摄

神圣的宗教活动，低角度逆光，曝光按一般测光加1/3挡，使得画面明亮清新，产生圣洁崇敬感。白平衡设置为：自动白平衡。

● 图4-2-54 严肃主题摄影 刘耀先 摄

闪光灯正面照明突出主体，暗调表现肃穆沉重的气氛。拍摄时以主体曝光为主，远处景物较暗，形成大面积暗调。按近距离主体曝光，白平衡设置为：闪光灯。

5. 光可以用来表现艺术情感

光的不同效果，可以表现自然景物的独特美感和画面情节等艺术情感。画面的明度色彩都可以唤起人们对被摄物的情感。例如，明亮的色调利于表现高雅、轻松、欢快、洁净的艺术效果，红色调可以让人感受到温暖、激情、热情、活力的艺术情感，深色则可以表现深沉、含蓄、悲伤、压抑、力量等情感（图4-2-55至图4-2-58）。

● 图 4-2-55 夜间拍摄的荷叶 刘耀先 摄

　　低色温的红色和黄色表现出辉煌炫丽的艺术效果，使用电筒光长时间照明，电筒光的色温和白炽灯接近，在日光的白平衡下会产生暖调的色彩。局部测光，白平衡设置为：日光。

● 图 4-2-56 晚霞艳丽火热的风景 刘耀先 摄

　　利用日落晚霞的红色来表达热烈辉煌的赞颂。曝光减2/3挡，白平衡设置为：日光，后期两图叠加。

● 图 4-2-57 夜景物体 刘耀先 摄

　　冷色的光照效果营造出清冷静谧的夜色效果，阴暗处的竹子，用闪光灯加蓝色滤色片照明，蓝色调表现出月夜的氛围。按闪光灯距离设置光圈和曝光量，白平衡设置为：闪光灯。

● 图 4-2-58 建筑摄影 刘耀先 摄

　　黄色调表现出高贵典雅的建筑风格，傍晚日光产生偏暖的色调，在白色的建筑上形成黄色，正面光光照均匀，对比柔和。按一般测光曝光，白平衡设置为：日光。

重点提示

　　光不仅是摄影的基本要素，也是摄影创作表现的必要手段，要根据光的性质特点来表达摄影的艺术效果和意图，尤其是光的质感表现、影调对比效果、光的色彩效果等方面要在拍摄时合理使用。

本章小结

本章主要介绍了光源的类型和特性、光的方向角度、光的基本性质、光的表现作用等几个方面的知识。通过学习练习可以掌握光线在摄影拍摄中的各种表现效果，以达到合理的表现效果和提升摄影的艺术效果。摄影用光的主要内容如下。

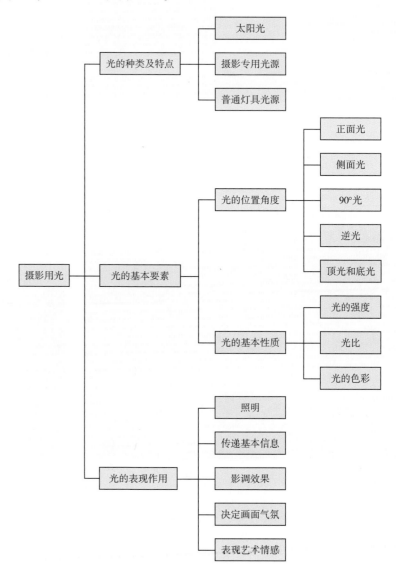

思考与练习

1. 在同一光源下，拍摄各种光线角度的同一组静物，学习掌握光线角度和物体表现的关系。

2. 同一组景物，用直射光、散射光、反射光等不同性质的光照拍摄，查看效果并总结光的性质对画面的影响。

3. 利用数码相机的白平衡设置，拍摄不同色彩效果的照片。

第五章 摄影构图

第一节　拍摄位置的确定

第二节　画面构成的形式元素

第三节　摄影构图的形式规律

学习目标　（本章建议课时：16 课时）

知识目标：

- 了解摄影构图的含义，掌握摄影造型语言的不同表现效果。

- 了解拍摄点确定的方法，掌握景别的表达特点。

- 理解摄影构图的表现形式，借鉴绘画的法则来完成摄影画面的构成。

能力目标：

- 能运用摄影构图的表现形式处理好主体、陪体与前景、背景之间的关系。

- 能根据拍摄的内容合理选用适当的景别来传达画面的主题。

- 能运用摄影构图的形式规律，设计构成完美的画面，用以揭示主题。

　　摄影构图是通过照相机镜头视野的选择，把被摄景物中的主体、陪体和环境组成一个整体，构成完整的摄影画面，用以揭示主题。一幅优秀的摄影作品必须具备与内容统一的完整的表现形式，摄影构图研究的是表现内容的形式及其规律，因此，构图的主要原则有两点：一是突出主体，用于揭示主题思想；二是从内容出发，正确处理好主体、陪体和环境的关系。一句话，摄影构图能使画面有力地表达其思想内容和摄影者的观点，说明问题，吸引和感染观众。当然，学习摄影构图应很好地掌握构图的规律，但又不能把这些规律看成一成不变的而被规律所约束，"画有法，画无定法"就是这个道理，这也是学习摄影构图的正确态度。

第一节　拍摄位置的确定

　　拍摄位置的确定是指在拍摄一幅画面时摄影者所选择的相机拍摄位置，这是摄影者到达拍摄现场后首先要考虑的问题。拍摄位置是由拍摄的距离、方向与高度三方面来确定的。拍摄位置确定的原则以突出事物最本质、最有代表性、最能说明问题的特征为主要目的，这样才能展示出最美、最具典型性的画面，**任何妨碍主体、影响画面表现力的无关紧要的细节都要排除在取景框外。**

一、拍摄距离

　　拍摄距离影响着主体与环境的表现，摄影者与被摄体的空间距离改变呈现在画面中最明显的就是景别变化。景别归纳起来**有远景、全景、中景、近景和特写**，用什么样的景别代表着摄影者的立意和想法，代表

了摄影者对被摄体的基本认识和评价。景别变化的方法有两个：一是同一
焦距的镜头改变摄影距离，二是同一摄影距离改变镜头焦距（图 5-1-1
至图 5-1-5）。

● 图 5-1-1　梅里雪山组照（远景）
孔伟　摄

● 图 5-1-2　梅里雪山组照（全景）
孔伟　摄

● 图 5-1-3　梅里雪山组照（中景）
孔伟　摄

● 图 5-1-4　梅里雪山组照（近景）
孔伟　摄

● 图 5-1-5　梅里雪山组照（远景）
孔伟　摄

1. 表达宏大场面的远景

远景画面有很大空间容量，主要用来展现自然环境、某种气氛、广阔空间和大型活动场面等，着重表现景物的宏大、气势及地理特征。在远景中，主体可能并不那么突出，更多的是表现意境和气势（图 5-1-6）。

2. 确保整体轮廓的全景

全景画面是相对画面主体而言的，有时是人的全景，有时是物的全景，有时是人与物在一起的全景。无论什么情况，若要用全景表现就要确保主体外部轮廓得以完整延伸，并要处理好主体与周围环境的关系（图 5-1-7）。

3. 反映生动情节的中景

中景主要是用来表达人与人、人与物、物与物之间的情节交流以及相互间的联系，以生动的情节来打动观众。在人物拍摄中通常表现膝盖以上的范围，反映人物的动作、姿态、手势等，画面以人物为主，景物为辅（图 5-1-8）。

● 图 5-1-6 天山初雪 孔伟 摄

● 图 5-1-7 石潭春色 孔伟 摄

● 图 5-1-8 惬意 孔伟 摄

4. 获取细节特征的近景

近景比中景取景范围要小，主要用来表现被摄体整体与局部的对比关系。在人物摄影中通常表现人物胸部以上的形态，抓取表情、神态等细节特征，关注主体的特点与质感，基本忽略环境与主体的关系（图 5-1-9）。

5. 以质感取胜的特写

特写是表现人或物的一个"点"，透过放大局部细节来揭示主体本质。人物拍摄中通常是肩膀以上的范围，用以表现人物内心世界。特写并不局限于人物的头部，根据主题需要，有时可能是手或脚，有时可能只是手里拿的东西等。通常这些特写画面都能以小见大，窥斑见豹，具有非常震撼的表现力（图 5-1-10）。

● 图 5-1-9　茶馆　孔伟　摄

● 图 5-1-10　人像　孔伟　摄

我们应根据不同的拍摄要求来选用景别，景别的运用是不能用一种标准或固定形式去规范和限制的，因为面对同样的题材每个人的立意和观点是不同的。另外，当我们改变摄影距离或焦距来确定所拍摄画面中的景别时，画面中物体的结构关系、前后透视和景深等也会随之变化，这是要注意的。

二、拍摄方向

经验丰富的摄影者在拍摄任何一个物体或景致时，往往要仔细观察它的正面、侧面和背面，然后选择这个景物最有表现力的一面进行拍摄。
拍摄方向的变化主要是指在水平方面的不同朝向，可以概括为以下几点。

1. 正面拍摄

照相机正对被摄景物的正面，主要表现这一景物的正面形象。画
面能获得对称、稳重和严肃的视觉效果，但立体感稍差，画面容易显
得呆板，需依靠色彩、造型等造型元素，以及人物的动作、表情来活
跃画面（图 5-1-11）。

2. 侧面拍摄

照相机斜对或侧对被摄景物的正面拍摄，景物的立体感表现最强。侧
面拍摄特别适于突出主体，画面活跃而不呆板，这是常用的拍摄角度（图
5-1-12）。

● 图 5-1-11 藏娃 孔伟 摄

● 图 5-1-12 岁月 孔伟 摄

3. 背面拍摄

照相机从被摄景物的背后方向拍摄，拍摄人物的背面。背面拍摄
主要靠形体动作来刻画人物性格和思想感情，画面含蓄，给人以丰富
的想象（图 5-1-13）。

● 图 5-1-13　背影　孔伟　摄

　　事实上，拍摄可以从 360° 的方向进行，不管选择什么方向一定要注意拍摄的目的，要杜绝不经观察和思考就进行拍摄的现象，应该选择最能表现主体形象的拍摄方位。

三、拍摄高度

　　拍摄高度主要是指在垂直方向上的不同视点变化。一般是以拍摄者本人站立时双眼的高度作为标准拍摄高度，即平角度拍摄（平拍），凡低于这个标准高度的拍摄为低角度拍摄（仰拍），凡高于这个标准高度的拍摄为高角度拍摄（俯拍）。

　　1. 仰拍

　　仰拍指在正常高度以下向上拍摄，仰拍可以使地平线压得很低，主体人物突出，给人以雄伟、崇高的感觉。拍摄跳高、跳远、投篮等时，仰拍均可以得到比实际高度更高的视觉效果，并且利于弃乱就简、突出主体，但景物层次少，不利于表现空间深度（图 5-1-14 ）。

　　2. 平拍

　　平拍是最常使用的拍摄高度。平拍可以得到接近人眼的视觉效果，有利于正常表现被摄景物的透视关系，但主体、陪体和背景易于重叠、混淆，若画面上的地平线或水平线出现在画面的几何中线上会显得呆板。新闻摄影多用这种角度，特别是中、近景使用平拍，对抢镜头、抓拍来说是颇为方便的（图 5-1-15 ）。

● 图 5-1-14　暴风雨　孔伟　摄

● 图 5-1-15　关注　孔伟　摄

3. 俯拍

俯拍是在正常高度以上向下的鸟瞰角度。俯拍可以躲开前景中有碍视线的物体，更好地表现景物的纵深感。俯拍角度地面景物纳入较多，适于拍摄大场面，多给人以开阔的感觉（图 5-1-16）。

● 图 5-1-16　高原印象　孔伟　摄

重点提示

一般来讲，同一个物体有无数个拍摄位置可以选择，摄影者必须事先明确拍摄的目的与要表现的内容，根据内容来考虑取景与选定拍摄位置。

第二节　画面构成的形式元素

一、点、线、面的造型作用

在摄影画面的构成中，要充分利用好和提炼出被摄景物中的点、线、面等视觉造型元素，这些元素不仅可以作为画面的视觉中心，也可以作为辅助的因素来调整画面的结构，增加画面的吸引力。

1. 点

形式突出的点往往是画面的趣味中心（图 5-2-1）。构成点的物体可以是地上的一个人、天上的一架飞机，也可以是天边的一座山。由于拍摄距离的不同，许多物体都可以被看成"点"。要使这些点在画面里更加突出，点的影调、色彩以及虚实的对比都是非常重要的，它们能够强化点的含义。

点的位置决定着画面的均衡（图 5-2-2）。点的强化需要对比，点不在大，贵在醒目突出（图 5-2-3、图 5-2-4）。多点的情况下，要考虑它们的协调与呼应，有对比的点具有更强的表现力。

● 图 5-2-1 冲出迷雾 孔伟 摄　　　　　　　　　　　　● 图 5-2-2 朝霞 孔伟 摄

　　形式突出的点往往是画面的趣味中心。在图5-2-1这幅水天一色、浑然一体的画面中,借助斜射的光线勾勒出的小船剪影成为这幅画面中对比最强、最为醒目的点,只有这个点才能揭示整幅画面的主题。点的位置决定着画面的均衡。图5-2-2这幅同样是以云和水为主题的画面与图5-2-1的不同之处,在于图5-2-1是一幅均衡构图,整幅画面色彩平衡分布,十分稳定。而图5-2-2右下方的色彩则明显偏重,如果不是恰好在左侧有一条小船出现,整个画面就会失去平衡。

● 图 5-2-3 石渠的早晨 孔伟 摄　　　　　　　　　● 图 5-2-4 暮归 孔伟 摄

　　点的强化需要对比。图5-2-3的风景如果没有这些散落在草原上的蒙古包,就会失去活力。而蒙古包正是此幅作品的主题所在,白色作为"点"与深色草地的背景形成鲜明的对比,使主题十分突出。而图5-2-4则恰好相反,浅色背景所衬托出的深色的点与远山形成了很好的呼应。

2. 线

　　线条是构图的骨架。线条在摄影中的主要作用在于勾勒整个画面的轮廓,凸显出主体的形状和姿态,使画面具有节奏感、韵律感,使照片更生动、更富于表现力。

　　在被拍摄场景中,首先可通过角度的选择来强化线条的表现力。拍摄之前,应围绕被拍摄体进行仔细观察,选取最佳的拍摄位置,发现并提炼出线条,尽量展示线条最优美的一面。利用光线和阴影形成的明、暗线条及被摄体本身所具有的水平或者垂直线条等,达到增强画面表现力的效果。

线条不仅具有形式美感而且还富有感情色彩。直线具有坚强、稳定、舒展的感觉；曲线具有流动、顺畅、优雅、柔和的感觉；折线具有波动、紧张、不安定的感觉；水平线具有平坦、开阔、稳定、静穆的感觉；垂直线具有挺拔、严肃庄重、希望的感觉；斜线具有运动、兴奋、不稳定的感觉。

（1）水平线条表现宏大场景

水平线条能使画面构图显得均衡稳重、视野开阔、场面壮观。这种线条宜表现宽广深远的场景，使作品具有平静感，对于表现宽阔的海洋、静静的湖泊、一望无际的草原大地等景物再合适不过（图5-2-5）。

如果水平线条运用不好，画面则会呈现平淡、单调之感。应利用被摄体光影的变化以及物体大小和位置的对比来打破过于平静的线条，丰富视觉效果。画面构图中有水平横线条时，一定要注意水平线的位置，一般不要平分画面，要尽量放在画面靠上或靠下的位置（图5-2-6）。

（2）垂直竖线表达高大、上升的视觉效果

垂直线条能让画面产生挺拔、有力、高耸的感觉，可引导人的视线上下延伸，对于表现高山、建筑等题材非常适用（图5-2-7）。在表现建筑的画面中往往是水平横线和垂直竖线交织在一起，需要注意的是竖幅画面要尽量少用贯穿上下的垂直线条。

● 图5-2-5　布尔津河　孔伟　摄

● 图5-2-6　起飞　孔伟　摄

（3）斜线条更具动感

一般来说，画面中最活泼的线条就是斜线。这是一种不稳定的线条能使画面产生动感，可引导人的视线向空间深处延伸，形成近大远小的视觉，还可以引导观众的视线到达主体，具有较强的透视感，可增强画面的纵深感（图5-2-8、图5-2-9）。

（4）曲线最富表现力

曲线是最富表现力的线条，形状流畅、活泼，给人一种曲折、跳跃、优美的感觉，可以生动地反映出景物的特征。曲线构图中最常见的是"S"形和"C"形构图（图5-2-10）。"S"形是公认最美的曲线之一，它是双弯曲的正反两个方向的曲线组合，有对比又有变化，这种线条能充分展现画面空间，在表现弯曲的河流、曲折的古巷以及人体姿态等画面中都可以见到"S"形的曲线结构。而近乎半圆式的"C"形曲线，缺口不论朝向哪里，都能给人活泼的感觉并有收敛线条的作用（图5-2-11、图5-2-12）。

● 图5-2-7　冬日素描　孔伟　摄

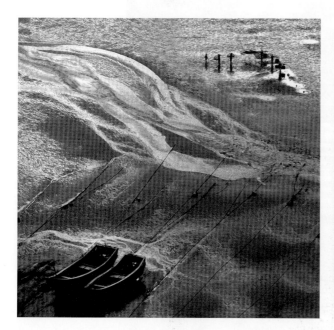

● 图5-2-8　晚归　孔伟　摄

● 图5-2-9　赶海　孔伟　摄

● 图 5-2-10 公园 孔伟 摄

● 图 5-2-11 公园 孔伟 摄

● 图 5-2-12 查济 孔伟 摄

● 图 5-2-13　皖南印象　孔伟　摄　　　　　　　　　● 图 5-2-14　皖南印象　孔伟　摄

图 5-2-13 中，砖、墙、石、天空、建筑、拱门构成了大大小小、不同形状的面，相互穿插，相映成趣。图 5-2-14 则主要是用面的形式来展现建筑的体积感。

3. 面

自然界中的一切对象都有作为面出现的可能，如地面、水面、山坡、天空等。根据我们观察角度的变化会带来面的大小和透视关系的变化。人为形成的景物，如建筑、器具等，无不以面作为主要的构成，把握面的特点和相互关系就能抓住它们的形象本质（图 5-2-13）。

在表现面的时候，视点的变化具有非常重要的意义。以一个立方体为例，如果以某一面的正中心为视点，我们看到的是一个平面的矩形；如果我们以两个面交汇的棱作为视点，我们看到的则是左右对称的两个面；如果我们以一定的倾斜角度为视点，则可以看到立方体的三个面，对象的立体特征就能有充分的展示（图 5-2-14）。

点、线、面之间有着相互对立、联系和转化的关系，根据实际拍摄场景的变化和取景范围的不同，点可以是线的一部分，线可以是面的分界线。在具体的对象中，因为拍摄距离、镜头焦距、拍摄角度的变化，它们的关系也会千变万化。这就要求我们具有具体分析、综合运用点、线、面的能力。

二、影调、色彩与质感的表现

1. 影调

摄影画面的影调控制不仅关系到作品所表现出来的空间感和整体气氛，影响画面结构的均衡与对比、和谐与统一，还体现了摄影者的创作意图和情感寄托。

被摄物体经过摄影曝光和后期处理后，在画面上形成黑、白、灰等不同层次的调子，称为影调。**摄影作品的画面中占主导地位的影调叫主调，**如高调、低调、中间调等，画面主调的确定应以摄影者的艺术构思、被摄体的情况和表现内容的需要来决定。

（1）高调

摄影作品的画面中，白到浅灰的影调层次占画面的绝大部分，再加上少量的深黑影调，构成高调作品。

高调给人以光明、纯洁、轻松、明快的感觉，比较适合表现妇女、儿童的形象。高调摄影一般采用较为柔和、均匀、明亮的顺光来拍摄（图5-2-15、图5-2-16）。

● 图 5-2-15　人像　佚名

● 图 5-2-16　坝上之冬　孔伟　摄

（2）低调

摄影作品的画面中，黑到深灰的影调层次占画面的绝大部分，再加上少量的白色影调反衬，构成低调作品。

低调作品有时使人感到坚毅、稳定、沉着、充满动力，有时又会觉得黑暗、沉重、阴森。低调表现的情感色彩比高调更强烈、深沉。低调作品通常采用侧光和逆光，使被摄体和人像产生大量的阴影及少量的高光面，有明显的体积感和重量感，适用于老人和威信很高的长者，也可以表现性格坚毅、深沉的男性（图5-2-17、图5-2-18）。

● 图5-2-17　人像　佚名　　　　　　● 图5-2-18　人像　王纲众　摄

（3）中间调

不同层次的灰色占画面的大部分面积，白色和黑色占得较少，称为中间调或灰调子。

中间调是拍摄使用最多的影调，有其独特的魅力。中间调画面层次丰富、细腻，会随着画面的形象、动势、色彩和光线的变化而呈现不同的感情色彩。中间调的用光一般为多光源综合使用，适合表现大自然的景观，尤其是雨、雾、云、烟等，营造出柔和、恬静、素雅、朦胧的感觉（图5-2-19、图5-2-20）。

● 图5-2-19 晨雾 孔伟 摄

● 图5-2-20 皖南冬景 孔伟 摄

（4）高反差影调

主要是保留黑白两极影调，减少、消弱、合并中间层次，以强烈的明暗反差来构成画面。高反差影调作品强调作品的思想内涵和感情气势，画面明快、硬朗、干净，在拍摄布光中以单纯的逆光、侧逆光为主（图5-2-21）。

2. 色彩

在摄影构图中，对色彩的处理基于其自然性质和主观性质。所谓自然性质是指将物体本身的色彩真实地再现出来；所谓主观性质是指由于心

● 图5-2-21 冬牧 孔伟 摄

理、生理条件的影响，人们对色彩的感觉往往与实际的色彩有差异。

（1）色彩的三要素

色别，指色与色之间的区别，赤、橙、黄、绿、青、蓝、紫就是最典型的色别区分。色别的差异是由它们的波长决定的，自然界中的色彩丰富多样，我们的眼睛能够区分的颜色有一百余种。

明度，即颜色的深浅，或者叫做颜色的亮度。它取决于物体固有色的含量和光源的条件。对于同一色别的对象，照明的强度越大，其亮度越高。一个红苹果放在室内的时候颜色显得深暗，而移到室外阳光下则会呈现出鲜亮的颜色，这就是明度的变化。

饱和度，指颜色的鲜艳程度，它指的是本色与消色（黑、白、灰）之间的比例。一个物体所含的本色成分大，含的消色成分小，则饱和度高；如果该物体所含的消色成分大，本色成分小，则饱和度低。

（2）色彩的对比与和谐

在实际的拍摄中，色彩的构成主要是通过色彩对比形成的。我们可以充分利用色彩在色别、明度、饱和度三个方面的差异来突出对象的特点，渲染画面的意境，增强作品的表现力。色别之间的对比可以取得醒目的视觉效果（图 5-2-22）。近似色给人统一的感觉（图 5-2-23）。对比色给人留下深刻印象（图 5-2-24）。

● 图 5-2-22　万丈霞光　孔伟　摄

● 图5-2-23 霞浦的早晨 孔伟 摄

● 图5-2-24 远眺多伦多 孔伟 摄

　　同时，也要高度重视色彩的和谐与平衡，不能堆砌色彩，避免照片中色彩纷乱。色彩的和谐主要有三种形式：一是画面要有统一的色彩倾向，也就是要有色彩基调（图5-2-25）；二是画面里的色彩最好有共同或相邻近的性质；三是不同形状、不同面积、不同明暗的色块在对比关系中要有均衡感。

　　画面中以黄、橙、红、棕色为主要色调的称暖色调（图5-2-26）；以蓝、青色为主要色调的则称冷色调（图5-2-27）。千万不要使对比的两色势均力敌、不相上下而发生平分秋色的现象，如遇此情况一定要改变色彩的明度、纯度或面积大小的比例，以得到调和的效果。

　　彩色照片中的色彩种类不宜过多，色彩对比的大小，用什么色来统一色调，需要哪些色来强化作品的思想感情和烘托气氛，完全取决于照片的题材和主题思想。

● 图5-2-25 天鹅湖 孔伟 摄

● 图5-2-26 日出 孔伟 摄

● 图 5-2-27 小夜曲 孔伟 摄

3. 质感

在摄影构图时，质感是描述对象的一个重要手段。

质感又称为质地或者肌理，指的是物体表面所固有的特性。质感通常以纹理、粗细、厚薄、透明度、色彩、光泽等方式呈现。注意对被摄体质感的表现，即通过对物体表面属性的认识来展现物体的立体感和真实感。

通常我们对物体质感的认识可以通过触觉和视觉来实现。在摄影创作中，现实的景物都将以图片的方式再现。我们要充分认识到三维的对象转化成二维的平面以后在立体感上的缺失，通过强化对象在质感上的特点来展示其细节能够增强图片的表现力（图 5-2-28、图 5-2-29）。

光线在表现物体质感方面起着极其重要的作用，光的特性与方向能改变质感的外观，粗糙的材质依靠强烈

● 图 5-2-28 郁金香 孔伟 摄

的侧光和斜侧光可以增强物体的质感，顺光则可能获得相反的效果。不同的光线可以表现不同物体的质感，柔和的光线可以表现皮肤柔软细嫩的质感，硬朗的光线可以表现物体凹凸不平的表面的明暗变化和立体感（图 5-2-30）。

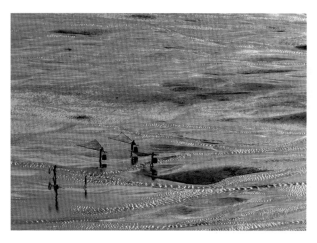

● 图 5-2-29　金色沙滩　孔伟　摄

● 图 5-2-30　胡杨　孔伟　摄

三、主体与前景、背景的关系

主体、陪体、环境、前景、背景等成分都是影像画面构成的元素，这些元素的设置和处理反映了摄影者对拍摄主题的理解，可以传达某种意义的信息。处理好这些元素与画面主题之间的关系，使所有元素都能服从并深化画面主题，表达中心内容，这是处理画面构成的中心环节。

1. 主体、陪体、环境

画面形式的选择、空间的分配等在很大程度上都是以主体对象为转移的。如果没有主体，主题思想就无法表达，甚至完全失去了原来的意义。突出主体的目的是为了表现主题，能给观众以鲜明的印象，能使观众正确理解照片的思想内容。主体在画面中应是视觉中心，应占据显著位置，吸引观众的视线。

突出主体的方法如下。

（1）把主体放在视觉中心的位置上

视觉中心就是画面光和色对观众视觉刺激最强烈的中心点，或是某些其他形式因素，能引起人们视觉指向的地方。

我们可以按照习惯把一定比例的画面纵向分成三块，横向也分成三块，交叉的四点就是画面的视觉中心。这是按"九宫格"模式找出中心的办法（图 5-2-31）需注意的是，**这个引人注目的"视觉中心"不在画面的几何中心，而在其周边**，这符合人们的视觉生理习惯（图 5-2-32）。

（2）利用对比突出主体

① 镜头靠近主体一方，使主体形象较大，利用大与小的对比来突出主体。如果主体前还有人物，可以处理成侧面或背面，使之不完整，以不争夺视线为度（图 5-2-33）。

② 布光应以主体为主，用较强的光线照明主体，使环境较暗，

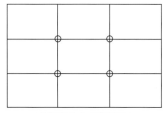

视觉中心（九宫格图）

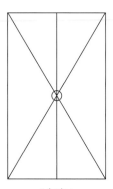

几何中心

● 图 5-2-31　视觉中心和几何中心

● 图 5-2-32　皖南春色　孔伟　摄

● 图 5-2-33　皖南春色　孔伟　摄

通过明暗影调的对比来突出主体（图 5-2-34）。

　　③ 利用动与静的对比来吸引观众的视线（图 5-2-35）。

　　④ 在色彩的使用上，可以利用色彩的对比来突出主体（图 5-2-36）。

　　⑤ 用小景深使主体清晰，陪体和背景虚化、模糊，以虚实的对比突

出主体（图 5-2-37）。

陪体就像绿叶，可以使主体这朵"红花"更红。陪体的作用是帮助主体揭示作品的主题，帮助突出主体。要突出主体，必须要精简陪体和背景。陪体和背景能烘托主体，不能不要，精简就是留下必要的，去掉多余的，着墨不多而能说明问题，使主体、陪体和背景组成一个和谐统一的整体。陪体可以做画面的前景、背景等。

环境的作用是交代主体所处位置和活动空间、时间以及所面临的问题等。

2. 前景与背景

前景是指在主体前方，最靠近镜头的物体。前景可以是陪体或是环境等。前景作为画面的构成部分，在画面中没有固定的位置，可以是实的，也可以是虚的。应根据拍摄内容和构图的需要来处理前景。

有的前景能帮助观者了解所摄画面的时间、地点和环境；有的前景能引导观众的视线，使主体突出；有的前景能增加画面的深度，使远近景物的形体、明暗、色彩对比度加大，增强景物的纵深感；前景在均衡画面的同时也美化画面（图 5-2-38、图 5-2-39）。

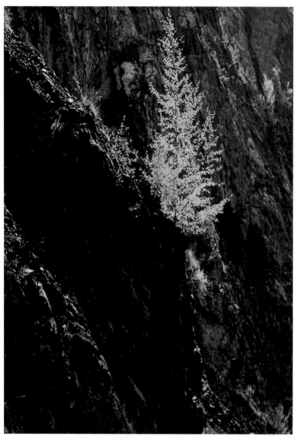

● 图 5-2-34 咬定青山 孔伟 摄

● 图 5-2-35 池塘 孔伟 摄

● 图 5-2-36 草原之春 孔伟 摄

前景的处理上要注意：前景的位置不应放在画面的主要位置上，不可妨碍主体的突出；前景不应破坏画面的完整与统一，应该与主体、陪体及背景和谐、协调；前景的色调不可过于突出，按照大气透视的规律，前景以深色调为宜；前景的形式要美，只能增加画面的整体美感。

背景是指画面中主体后面的景物。不同的环境可以构成不同的背景，背景可以是人物、建筑、森林、山峦、大地、天空等。

背景可以交代拍摄物体的环境身份，有助于说明主题、营造气氛

● 图 5-2-37　塔川秋色　孔伟　摄

● 图 5-2-38　紫霞湖之冬　孔伟　摄

● 图 5-2-39　皖南春色　孔伟　摄

● 图 5-2-40 石像路 孔伟 摄

● 图 5-2-41 蒙蒙暮色 孔伟 摄

● 图 5-2-42 远古传说 孔伟 摄

重点提示

光、形、色、点、线、面是摄影构图的六大元素，在观察景物和取景构图时要善于观察和提炼，并且能够灵活掌握和控制。

等。背景同样能衬托主体，增加画面深度，平衡和美化画面（图5-2-40、图5-2-41）。背景应与主体分离，注意主体与背景的明暗、色彩、动静虚实等关系，以便相互形成对比，使主体形象鲜明突出（图5-2-42）。

背景与主体的关系是对比与照应的关系。对比是指在形体、影调、色彩等方面，背景必须和主体形成强烈的反差，反差越强，衬托越有力；照应是指在表现手法和思想内容上，背景必须与主体有联系、有呼应，互相补充。

第三节 摄影构图的形式规律

一、对比与呼应

对比即在摄影画面的布局时，利用被摄对象固有的某些属性，强化其相互之间的差异，以达到使画面更加生动、醒目、表现力更强的艺术效果。

对比的现象是一种客观存在。在自然景物中，影调明暗的对比、色彩冷暖的对比、物体大小的对比、质感粗糙与细腻的对比、距离远近之间的对比无处不在。就人物的情绪而言，喜与怒、哀与乐、稳重与浮躁、内向与外向等的对比也无处不在。在摄影表现当中，发现对象固有的对比关系，充分利用技术和艺术手段来记录和表现这种对比关系，是增加图片吸引力的一个重要手段。

1. 影调的对比

景物影调的对比反映的是景物之间的明暗差异。景物明暗的对比能够反映景物的客观状况，也能够表现景物之间的立体关系（图 5-3-1）。

● 图 5-3-1 在水一方 孔伟 摄

2. 色彩的对比

色彩作为对象的一种属性，代表着对象的基本特征，是认识对象的一个重要方面，也是表现对象、增强画面感染力的有效方法。在实际的

● 图 5-3-2　梦幻　孔伟　摄

拍摄中，可以充分利用色彩在色别、明度、饱和度三个方面的差异来突出对象的特点，渲染画面的意境，增强作品的表现力（图 5-3-2）。

3. 景物大小的对比

景物大小的对比就是在取景的时候注意寻找恰当的参照物，利用人们熟悉的物体来强化对象形体上的大小差异，传递出相应的信息。强化对象之间大小的差异有很多技术手段，广角镜头的运用、近距离的拍摄、低角度的选择、前景的强化都能够达到这一目的（图 5-3-3）。

● 图 5-3-3　劳作　孔伟　摄

呼应是指被拍摄的人物、景物彼此要配合、照顾，画面中的人物与人物之间、人物与环境（背景）之间彼此要有内在的联系。即使是没有人物的风光照片，各种景物之间也要有内在的联系，要相互兼顾（图5-3-4）。例如一棵树，根据它倾斜的状态也有呼应的问题，向左倾斜的树放在画面的右侧就比较好。这就是它们之间互有呼应的缘故，是物与物之间的呼应。景物与画面本身也有呼应。拍摄一个人往左走，人物放在画面的右侧较好，使其行进的前面有大面积的空白；如果放在画面的左侧，前面没有余地，画面人物的视线和动势就会受到阻碍，一般规律是画面右侧的人物应朝向左方（图5-3-5）。

● 图5-3-4 黄浦江夜景 孔伟 摄

● 图5-3-5 晨捕 孔伟 摄

二、对称与均衡

画面左右或上下两边的形体、影调和色彩重量一样，给人以相等的感觉，就是对称。画面的形体、影调和色彩不尽相同，有变化，但两边或上下的重量或色彩等给人一种稳定感叫均衡。对称给人以庄重、平稳的感觉，但过于呆板，不生动；均衡富有变化，生动、活泼，因而均衡的形式用得更多。均衡是人们在生活中逐渐形成的一种心理要求和视觉感受形式。摄影者要根据对影像的理解把握处理好这些原则。

画面里景物的配置、影调的深浅以及色彩的浓淡应给人以稳定和完整的感觉，不能一边过重一边过轻，也不要机械般地对称。对称和均衡，一个像天平，一个像秤。

景物的重量不是指实际的重量，不是说山重房子轻或房子重人物轻，而是以各种景物给人视觉刺激的强弱所形成的心理价位、心理定势来确定的。一般来说有以下一些规律：处于引人注目位置的景物重，反之则轻；有生命的景物重，无生命的景物轻；人造物（车、船）重，自然景物轻；

动的景物重，静止的景物轻；深色影调比浅色影调重，低调照片中的白色重；暖色重，冷色轻；纯度高的重，纯度低的轻；轮廓清晰的重，轮廓虚糊的轻；近景重，远景轻（图5-3-6、图5-3-7）。

● 图5-3-6 相依 孔伟 摄

● 图5-3-7 日出 孔伟 摄

根据上述规律，在取景时应注意选择处理轻重关系，避免出现画面不均衡的现象。

三、虚实与空白

从景深的角度看，虚与实的关系能够反映物体的距离感；从动静关系上看，虚与实反映的是对象之间的速度关系；从作者主观情绪上看，虚与实反映对对象关注程度的差异。虚实关系之中潜伏着多种可能性，理解和利用这些虚实关系的对比，能够使拍摄的照片更好看、更有趣、更深刻（图5-3-8至图5-3-10）。

画面上除了看得见的实体对象之外，还有一些空白部分，它们是由单一色调的背景所组成，形成实体对象之间的空隙。单一色调的背景可以是天空、水面、草原、土地或其他景物，来衬托其他实体景物。

空白是沟通、组织画面中各实体景物之间的纽带，处理好空白有助于提升画面的意境和感染力，并使主体醒目突出，具有视觉冲击力（图5-3-11）。

一幅画面如果被实体景物塞得满满当当，没有一点

● 图5-3-8 皖南印象 孔伟 摄

用镜头光圈控制虚实，强化对象之间的距离关系，表现对象在画面中主从地位的差异。此图别具一格地虚化了建筑，使其退居二线成为背景，用于交代景物的地点。清晰的前景则点明了作者真正希望展现的主题。

● 图5-3-9 在雨中 孔伟
  摄

　　对于运动速率不一致的对
象，慢速快门能够表现出对象
之间运动速度的不同。

● 图5-3-10 奔 孔伟
  摄

　　镜头随着对象运动，能够
让动静关系得到相反的呈现，
画面具有较强的表现力。

空白，就会给人压抑感，画面没有呼吸、透气的地方。空白留得恰当
才会使人的视觉有回旋的余地，空白处也体现出作者的情感，作品的境
界也因其得到升华（图5-3-12）。

● 图 5-3-11　春江水暖　孔伟　摄

● 图 5-3-12　晨雾　孔伟　摄

留白要防止面积相等、对称。空白的留舍及空白处与实处的比例变化是创造性画面布局的重要手段。

四、常见的构图方法

人们在摄影实践中，总结出了一些构图的模式。这些模式是经过无数摄影前辈总结并认可的规律、常规、原则，值得初学者去借鉴和参考。但不能将这些模式当做金科玉律，当做僵化的教条，要知道摄影构图的自由是在遵循规律并打破规律中实现的。

1. 做减法的构图

减法说起来容易，做起来难。很多人都知道摄影是减法，但在拍摄时往往会对画面中的元素失去判断力，搞不清楚哪些元素该放进画面，哪些元素该剔除。做减法就是为了让画面简洁，简洁是美的一种形式（图5-3-13、图5-3-14）。

● 图 5-3-13　清晨　孔伟　摄

● 图 5-3-14　炊烟　孔伟　摄

　　图 5-3-13 与图 5-3-14 是拍摄的同一个地方，并且拍摄时间与拍摄机位也相同，但是拍摄出来的画面效果却有很大不同。图 5-3-13 使用广角镜头拍摄，主要表现环境的整体气氛和景物间的关系；图 5-3-14 使用长焦镜头拍摄，主要表现山村早晨的袅袅炊烟和景物的细节，主体更突出。

2. 三分法

三分法以及"千万不要把地平线放在画面中间"这两个规则或许我们已经很熟悉了。从理论上说，在风景类的照片中，若将画面平均上下分割成三等分，地平线应该置于两条横线之一的位置上（例如上横线或下横线），这样会让画面产生一定的和谐感，是比较安全的构图。不要把地平线放在画面中间的位置，因为这样会把画面切割为二。如果天空景致特别迷人就给它大部分画面；如果不是这样，就把地平线移到上方，以避免平淡无味的天空占有更多画面（图 5-3-15、图 5-3-16 ）。

● 图 5-3-15 学生作品

● 图 5-3-16 学生作品

图 5-3-15 将地平线置于画面中间二分之一处，这样的空间处理显然不如图 5-3-16，等分的画面让观众无法捕捉到景物的重点，使作品显得平淡、乏味。

3. 避免建筑倾斜

一般来说，建筑倾斜往往给人一种极度不稳定感，观者也会感觉拍摄随意、不踏实（图 5-3-17、图 5-3-18 ）。因此建筑倾斜在摄影中很忌讳，拍摄建筑的基本要素之一就是保证建筑不倾斜，除非是摄影师刻意追求某种效果。

● 图 5-3-17 学生作品

● 图 5-3-18 学生作品

图 5-3-17 中的建筑物的所有垂直线与画面边缘都是有角度的，画面中的建筑物都呈现出明显的倾斜和不稳定感，而图 5-3-18 在垂直线的处理上明显好了许多。

4. 不要"头撞南墙"

在拍摄侧面人像或有向前倾斜趋势的物体时，尽量在人物朝向或运动朝向的地方留有更多空间，让人的视线在心理上得到释放。很多初学者时常会忽略这个问题，甚至会将主体占满画面。人物朝向部分如果不能留下足够的空间，那么取景框就成为一道潜在的"墙"，使人物的动作"戛然而止"，导致画面沉闷、不完整（图5-3-19、图5-3-20）。

● 图5-3-19　学生作品

● 图5-3-20　学生作品

　　图5-3-19与图5-3-20相比较，虽然图5-3-19拍摄到了人物的全身动作而图5-3-20仅拍摄到了人物很少的局部，但由于人物面部、动作朝向的关系，图5-3-20很好地通过人的动作将观众的视线引向画面中心，而图5-3-19则出现了"头撞南墙"的不协调感。

5. 排除背景中的干扰因素

平时拍摄时，一定要注意背景的选择，特别是在背景复杂情况下，很容易出现头顶生出树杈、烟囱等现象，给人造成负面的心理影响。另外，附加物的产生会严重影响主题的表达，分散观看者的视线，甚至导致观看者不知摄影师所要表达的内容（图5-3-21、图5-3-22）。

　　在图5-3-21中，背景中的树很显然成了破坏画面的"罪魁祸首"，既出现了"头上长树"现象，又将画面一分为二，破坏了整体构图。而图5-3-22的构图则好许多，错开站立的人物，一正一背的姿态，使画面的中间部分形成很有凝聚力的"气场"。

● 图5-3-21　学生作品

● 图5-3-22　学生作品

6. 注意背景色彩

一般来说，被拍摄对象如果以亮色为主应选择较为暗色的背景；相反，若是被拍摄对象为暗色则应选择较为明亮的背景。当拍摄对象无法获得较为合适的背景时，可以选择改变角度，将天空作为背景（图5-3-23）。

● 图5-3-23　学生作品

7. 黄金分割点

九宫格中各线条的交叉点被称为视觉趣味中心。因为人们发现在九宫格中四条线的交汇点是人眼睛最敏感的地方，见本书第五章第二节图5-2-31。当我们把一幅照片所要表达的主体放在这些点或点的附近位置时，正好符合人们天生的视觉习惯，让人感到画面均衡，比例舒适。如图5-3-24、图5-3-25，与把拍摄主体放在画面中央的构图方法相比，九宫格构图法使画面更加活泼生动。

● 图5-3-24　学生作品

● 图5-3-25　学生作品

重点提示

对比是使照片看起来更加有趣的艺术表现方法之一。我们要善于利用对比的创作手法来突出主体。摄影艺术的创作贵在创新，不必拘泥于我们所学的艺术表现方法，要有勇气去探索和追求"味足不求颜色似"的艺术表现形式。

本章小结

本章重点介绍了摄影构图的表现形式、影响构图的主要因素和常见的构图形式规律。

摄影构图可增强影像作品的画面效果，使画面更具艺术感染力和主观表现力，给观众留下深刻的印象，更好地表达影像作品的主题内容。摄影构图有一定的表现方法，就是把要拍摄的客观对象有机地安排在影像画面里，利用画面表现的各创作元素、构成形式、色彩情感、线条情感、趣味中心等，产生一定的艺术形式，把摄影者的意图和观念完整地表达出来。

摄影构图的一切造型手段，如拍摄的角度、距离的选择、光线和影调的处理以及画面构图模式的选择等都要从内容的需要出发，来构成完美的表现形式，使照片产生更大的感染力和说服力，这就是构图的目的。

思考与练习

1. 利用主客体的对比与呼应分别拍摄 5 幅习作。

2. 分别拍摄处理虚实关系与留白画面的照片 2 幅。

3. 用均衡与对称的艺术形式，拍摄 4 幅摄影习作。

4. 拍摄风景照片 5 幅，将构图的常见模式融入其中。

第六章　商业摄影实践

第一节　人物摄影

第二节　景观摄影

第三节　静物摄影

学习目标 （本章建议课时：32 课时）

知识目标：

- 了解各类摄影的意义，理解各类摄影在社会生活、商业、艺术等各方面的价值。
- 掌握各类摄影所涉及的技术知识。

能力目标：

- 能运用相关的摄影技术拍摄各种类型的人像、景观、静物照片。
- 能运用对图片的分析鉴赏能力编辑照片。

第一节 人物摄影

与其他类型的摄影作品相比，人物照片往往能引起观众更为强烈的共鸣。人像佳作不仅仅只是向你展现被摄人物的外貌，它还是一部视觉传记。摄影者通过捕捉人物的特征，揭示人物的个性及时代印记（图 6-1-1）。

● 图 6-1-1 少数民族少女 庄学本
庄学本（1909—1984），中国现代影像人类学的杰出先行者，同时也是杰出的摄影艺术家。他用自然、直接、朴素的方式记录了中国 30 年代西部边民的生活状态，成为摄影社会学研究中有力的图像佐证。

一、人像摄影的器材

人物无疑是摄影者拍得最多的题材。如何拍好人像、用什么样的器材才能拍出更好的人像是绝大多数摄影者都会思考的问题。传统人像摄影最好的焦段为 85~135 mm。在数码时代，由于入门级数码单反相机的感光元件都偏小，实际等效焦距都是传统焦距的 1.5 倍左右，因此应该选择一些焦距更短、光圈更大的镜头。当然在资金容许的情况下可以选择感光元件尺寸更大的数码单反相机，毕竟很多厂家并不生产专供 APS 画幅的专业镜头。以下将具体讨论专业人像镜头的选择。

1. 焦距段的选择

传统人像摄影选择镜头，多数推荐定焦 85 mm f/1.4（图 6-1-2）或者 135 mm f/2 镜头。变焦 24~70 mm 镜头使用频率也非常高，往往达到 66%，而 16~35 mm f/2.8L 广角变焦镜头的使用频率也达到 18%。

有句话说"颜色之美不及体态之美，体态之美不及气质之美"，35 mm **对于描写人物和环境的关系而言，可以说是最完美的一个焦距段。**首先，35 mm 近距拍摄可以把人物的姿态极为准确细致地表现出来；其次，35 mm 可以达到广角端最好的大光圈虚化效果，虽说 35 mm 跟 28 mm 和

24 mm 看起来焦距差别不大，但同样的光圈下 35 mm 的背景虚化能力要比 28 mm 和 24 mm 强得多，而且 35 mm 很容易做出比 28 mm 和 24 mm 更大的光圈。所以，35 mm 优秀的光学素质对于多种题材都有非常好的表现力。

24~70 mm 这个焦距段更容易表现肢体语言和环境气氛，而 85~135 mm 更容易表现主体，背景的虚化也更容易出效果，但在学习阶段不太建议初学者直接使用，因为使用这种镜头不太容易让学习者取得技术上的进步。24~70 mm 这个焦距段在实际人像拍摄中的应用非常广泛。标准变焦镜头的制造技术至今已经相当成熟，变焦镜头在人像拍摄中比较方便，能增加构图的多样性。

2. 竖拍手柄

安装在相机底部，内置竖拍快门按钮等操作按键，并增加持握性能的相机附件称为竖拍手柄（图 6-1-3），有时也称为垂直手柄或多功能电池盒。

除了佳能 1Ds/1D 系列、尼康 D3x 等专业级数码单反相机采用手柄机身一体化设计以外，大部分数码单反相机一旦需要竖幅构图时，右手压按快门按钮的动作便会变得不那么自然，有可能会影响到拍摄的稳定性。对于经常采用竖幅构图和长时间外拍的摄影师，选择竖拍手柄拍摄显得尤为重要。竖拍手柄也提高了电池的续航能力，紧要关头还可用普通 5 号电池代替。

3. 闪光灯、柔光箱、反光板

无论是在自然光环境还是在摄影棚拍摄人像，辅助照明都是必不可少的。最基本的人像摄影照明类型有 3 种，分别为便携式闪光灯、持续光源、影棚频闪灯。

在专业人像摄影中，便携式闪光灯往往只作为补充光源使用。应该避免用直接安在相机机身上的闪光灯照明，它会产生强烈而平面化的光线，以至于在人物脸上无法得到完美而有层次变化的光线。此处，这种照明没有配备造型光来预知光线效果，使得拍摄效果很难预测。使用持续光源照明或者带内置造型光的影棚频闪，是可以预知光线效果的。比起便携式闪光灯，这两种照明方式中的光线更便于相机进行对焦。

人像摄影最受欢迎的照明修饰装置就是反光伞和柔光

● 图 6-1-2　佳能 85 mm f/1.4L 镜头

● 图 6-1-3　竖拍手柄

重点提示

在数码单反相机底部再安装一个竖拍手柄，这样在竖幅构图时，即使将相机旋转 90°，也可以按照习惯的方式去压按快门，从而保证了良好的手感和稳定性。

● 图6-1-4 各种影室闪光灯、柔光箱

● 图6-1-5 反光伞

● 图6-1-6 少女 马康 摄

　　强烈的高原阳光勾勒出少数民族女孩富有特色的脸形，并且还原出明艳的色彩。在这样的环境拍照，光圈、快门完全不是问题，仔细观察光影在脸上的微妙变化才是最重要的。

箱（图6-1-4、图6-1-5），它们可使光线变得柔和，使拍摄对象看上去更自然。将它们置于相机上方使用能得到较为时尚的效果，将它们放置在相机一侧使用能得到传统风格人像的效果。虽然经过这些照明修饰装置所得的光线已经非常柔和，不过通常还是需要用辅助光照亮面部的阴影部分，这样才不会有"死"黑区域产生。

　　使用反光板是给阴影中的人物面部添加光线的最简单的办法，它所起到的作用是进行细微的补光，让整个图片看起来更出色。

　　反光板分为硬反光板和软反光板两种主要类型。硬反光板是一种高度抛光的银色或金色反射光源的平面，它们被广泛于许多场合。硬反射板在室外使用效果非常出色。但是硬反光板价格不菲，所以也有海绵板制作的价格较为低廉的替用品。软反光板通常为金色、银色、白色或这些色彩的组合，它拥有不平整的表面或不规则的纹理，光线在其平面上会产生漫反射的效果，光源将被柔化并扩散至一个更大的区域。**摄影师可以使用软反光板作为场景或物体的主光源。**这种类型的反光板创造出和扩散光源类似的光影效果，这种效果十分适用于人物的脸部照明。反光板有各种规格和大小，小的可以放入口袋携带，大的需要一到两个人协助才能使用。

二、如何拍摄出色的人物照片

　　简而言之，人像是对一个人外貌（和内心）的展现。人像通常集中表现人的面部、表情或是神态。传统的人物肖像通常是雕塑或绘画，但是在当今，拍照成了塑造肖像最被认可的方式。在很多情况下，为了方便阅者，拍照成了表现人物肖像最直接的方式（图6-1-6）。

　　1. 正确设置及使用相机

　　拍摄人像时通常将相机设置为光圈优先模式（图6-1-7），这样可以方便调整光圈以控制景深；测光模式设为点测光（图6-1-8）；影像风格设为柔和，配合构图选择对焦点（图6-1-9）；将相机设置为连拍（图6-1-10）；更改ISO感光度防患抖动于未然（图6-1-11）。当然，当你对一切驾轻就熟时，就不必拘泥于这些了。

　　通过曝光补偿进行曝光控制当然是可能的，但是在手持相机拍摄的情况下每次拍摄构图都会发生变化，仅仅使用曝光补偿可能得不到想要的效果。而使用**点测光＋自动曝光锁**则能更加切实地控制测光，在手持拍摄时能够让曝光更加稳定。点测光还有一个优点就是可以使拍摄者在有意识地决定了曝光和合焦点位置后释放快门，使其能够专注于捕捉快门机会。归根结底，人像摄影中最重要的是被拍摄者的表情。因此，大家应该根据自己的喜好更改相机设置，寻找出使用起来最得心应手的设置。

● 图 6-1-7　将相机设置为光圈优先自动曝光模式

● 图 6-1-8　测光模式设为点测光

● 图 6-1-9　手动选择对焦点

● 图 6-1-10　将相机设置为连拍

● 图 6-1-11　更改 ISO 感光度防患抖动于未然

重点提示

在人像摄影中，合焦和决定曝光参数都很重要。相机的默认设置是半按快门按钮时自动对焦和自动测光会同时进行。但是，在某些场景下，自动对焦和自动测光分开进行会更加方便，如人像摄影时。所以对于专业的摄影来说，最好将两个功能的控制按钮分开。可以在"自定义"功能的设置中将快门按钮设置为"自动曝光锁"，而将自动对焦功能分配给"自动对焦启动"（"AF-ON"或"自动曝光锁"）按钮（图6-1-12）。通过将自动对焦和自动测光操作分离，拍摄者可以在自动对焦完成后进行最终的构图整理时再决定自动曝光参数。

● 图 6-1-12

2. 尝试不同的拍摄角度及拍摄距离

人像摄影中，相机的高度有着重大的意义。这是因为相机从不同的高度拍摄，被拍摄者的脸会有很大不同（图6-1-13）。拍摄者还应该考虑自己的身高，结合自己与被拍摄者的身高差来决定相机高度。决定相机的高度时应该以被拍摄者的身高，而不应该以拍摄者的视平线高度（眼高）为基准。当拍摄者和被拍摄者身高差距很大的时候，应该上下调节相机高度，寻找出符合拍摄意图的角度。

● 图 6-1-13　拿吉他的女孩　汤卓蚕　摄

被摄者的影像会因使用的镜头和拍摄时相机高度的不同而发生很大的变化。镜头焦距越短，这样的变化就会越明显。只是提高20 cm 左右的高度拍摄，照片的影像也会迥然不同。在拍摄人像的时候，一般我们会更多地在意光圈和背景虚化方面的技巧。但是如果能够理解拍摄时相机高度和被拍摄者的关系，就更容易拍出想要的效果。人像摄影并无定规，拍摄者的感觉非常重要。

实践训练

按图 6-1-14 分别以 200 cm、155 cm（被拍摄者眼部的高度）、100 cm（被拍摄者肚脐的高度）和 50 cm（被拍摄者膝盖的高度）等多种角度拍摄对象的全身照片。观察从不同角度拍摄的成像特征。

另外，焦距、拍摄距离和景深之间也有着非常密切的关系。拍摄时使用的镜头焦距不同，拍出人物的影像就会发生很大变化。究竟使用怎样的焦距拍摄出来的才是标准成像，这随拍摄者的主观喜好有很大不同。

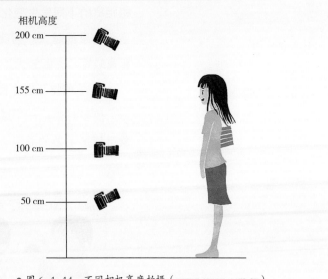

相机高度

● 图 6-1-14 不同相机高度拍摄（www.canon.com.cn）

图 6-1-15 使用 16 mm 广角镜头拍摄，拍摄距离较短，所以相对距离镜头较近的鼻子和脸颊部分就像是突出来一样，发生了膨胀。相反，在使用焦距较长的中远摄镜头拍摄时（图 6-1-16），拍摄距离变长，脸的各部位的距离差随着拍摄距离的变长而相对缩小，和广角镜头相反的脸部成像效果逐渐呈现出来。

此外，**景深因素在人像摄影中也是至关重要的**，了解虚化产生的理论就能拍出更优秀的人像照片。当使用镜头的光圈值不变时，焦距越长，

● 图 6-1-15 老人 汤卓蚕 摄

● 图 6-1-16 父亲 张曼曼 摄

则越容易发生背景虚化现象（图 6-1-17）。当然，如果焦距相同，则光圈越大的镜头越容易产生虚化效果。另外，背景虚化程度还会随着拍摄距离的不同发生变化。拍摄距离越短，越靠近拍摄对象（即焦点越近），虚化效果就越大。因此，若想得到大幅的虚化效果就应该选择最近拍摄距离较短、光圈较大、焦距较长的镜头（图 6-1-18）。

3. 与模特儿建立良好的沟通

很多时候，一个成熟的摄影师却无法拍出满意的人像作品，拍摄对象可能是主要的原因。一方面模特儿可能不善表现，另一方面就是拍摄

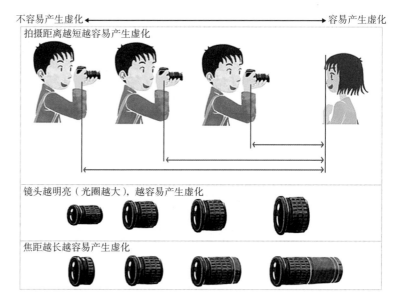

● 图 6-1-17　镜头与景深效果（www.canon.com.cn）

● 图 6-1-18　小女孩　苏澄　摄

图 6-1-18 使用 110 mm 焦距，f3.5，近距离对焦，且主体和背景之间有较大空间，因此可以获得理想的虚化效果。

重点提示

背景虚化意味着合焦范围（景深）窄，很可能因为细微的原因就产生对焦失败的现象。所以在使用这一技巧拍摄人像时，需要特别注意失焦现象。在不使用三脚架而是手持拍摄时一定要反复拍摄多张照片，要做好合焦不准的心理准备，使用连拍模式尽可能多地释放快门。

者与被拍摄者没能有效地沟通。因此人像摄影一个重要方面就是克服被摄人物对照相机和灯光惯常的恐惧心理。为此，应事先布置好相机设备和灯光，尽力使模特儿感到轻松自在。这样，在开始拍摄前，摄影者就有充裕的时间了解模特儿，使他（她）消除疑虑。聊天有助于模特儿放松紧张的情绪，获得你所期望的结果。掌握了这一点，你就能在成为专业摄影师之路上取得成功。一个有用的提示是**拍摄那些你知道他们喜欢在镜头前展示自己的人**。作为摄影师，你的任务就是使他们放松且享受拍摄过程。做到这一点，好照片就应运而生了。

人像摄影中的沟通法则并不限于影棚，纪实摄影中也有着举足轻重的作用，多一些沟通就多一份精彩，花些时间了解你的拍摄对象（图6-1-19）。

● 图 6-1-19　课间　汤卓蚕　摄

4. 人像摄影的用光技巧

自然光是摄影师最基本也是最常用到的光源。它时而明亮强烈，时而黯淡柔和；色调有时温暖，有时冷峻；有时笔直照射，能制造出长长的影子；也有时被云层遮挡发生漫射，不会留下任何阴影。随着太阳东升西落，自然光能够做主光、侧光、背光和轮廓光。自然光会使拍摄对象看起来非常自然。

要拍摄出吸引人的人像作品，摄影师必须准确掌握光线的运用。根据相机、光源所处的方位，光线落在模特儿的不同部位，会产生不同的效果。根据光线的角度，基本常见的光线类型可分为四种：正面光、侧光、顶光、逆光。另外，根据光线的强度，又可分为硬光和软光或散射光。

（1）正面光

光线从正面射在被摄体上（图6-1-20）。由于正面光制造出一种平面的二维感觉，因此通常被称为平光。正面光可以是低位的，像清晨或傍晚的太阳；也可以是高位的，如正午的太阳，每种位置都产生出不同的效果。

（2）侧光

侧光一般泛指来自侧面的光线，可以有很多角度，最常用的是45°的光线。在室内拍摄人像使用的主要光线多数为斜侧光，它除了能产生良好的光影对比外，还能凸显出主体的丰富影调和三维效果。所以，45°侧光通常被看做是"自然光"，被许多摄影师认为是人像摄影的最佳光线类型（图6-1-21）。

（3）顶光

顶光是比较难用好的光线。光线通常来自被摄体的顶部，阴影深重而强烈，因此拍摄时要留意调节模特儿的面向。

图6-1-22这张照片中，正午的阳光直射下来，眼睛完全处在阴影中，通常这不是最佳状态的拍摄光线，但在这幅作品中却收到了很好的效果，正好突出了鼻子和小手。

（4）逆光

逆光照片是由于被摄体背着光源而获得的轮廓影像效果。当光线从被摄物的后面照过来时，如果你对背景曝光，被摄体就会变成一个

● 图6-1-20 安娜肖像 马康 摄

● 图6-1-21 外国朋友 马康 摄

● 图6-1-22 温暖的三月 苏澄 摄

黑色的剪影。如果光源处于高位，就会在被摄物件顶部勾勒出一个明亮的轮廓（例如模特儿的头发），制造出一种戏剧化效果，被叫做"轮廓光"（图 6-1-23）。

● 图 6-1-23　窗前的安娜　马康　摄

　　图 6-1-23 这张照片的背景有过曝现象，但人物获得了合适的曝光，人物在这一光线下也不会因为直视阳光而睁不开眼。逆光所塑造的空间气氛是这幅照片的亮点。当然，此刻给背光的人物补一些光也是正确的做法。

重点提示

　　多云的天气和傍晚的太阳都是最适合人像摄影的光线；直射的太阳就很糟——会在脸上产生浓重的阴影并且会令被摄者睁不开眼；逆光是很好的光线，不过你需要注意耀斑并使用反光板或者闪光灯给被摄者补光；从窗户透进来的光可以拍出非常漂亮的室内照片，同样也需要反光板给模特儿脸部的阴影补光。

（5）人工辅助照明

　　有时自然光不能满足我们的拍摄需求，这时就需要借助人工辅助照明。辅助照明的主要方式有闪光灯、持续光源、反光板。

　　大多数相机都有内置的机顶闪光灯，你可以手动控制它们。很多使用闪光灯的人像照片看起来比一般的照片更好。闪光灯和反光板的作用都是给阴影处补光。你可以在逆光时使用闪光灯，否则被摄体会变成剪影。现在相机的内置闪光灯已经很先进了，大部分相机都允许你控制闪光灯输出。如果闪光太亮，你可通过闪光灯补偿减少输出，以使补光看上去更自然（图 6-1-24）。每一台相机的设置都不一样，仔细阅读你相机的说明书学习如何使用。

● 图 6-1-24　海边　苏澄　摄
　　图 6-1-24 这张照片的人物处于云层的阴影下，和天空有较大的光比，拍摄时利用相机自带的闪光灯，减少二分之一的输出进行补光，获得了较自然的效果。

　　除了相机内置的机顶闪光灯，还可以使用独立的便携式闪光灯（利用热靴与相机连接），这将获得更大的照明输出。而便携式闪光灯的**另一个重要的使用方法是离机引闪**，使用无线引闪器让闪光灯在离相机几米甚至十几米远的距离同步照明，这无疑大大丰富了光的表现力（图 6-1-25）。

● 图 6-1-25　篝火晚会　苏澄　摄
　　图 6-1-25 这张照片值得注意之处是人物身上的光线并不是来自篝火，而是由加装了手持引闪器的便携式闪光灯的助手在近处照亮的。相机的光圈根据闪光灯和人物之间的距离设定，快门设置为 2 s，这有效地放大了火焰的体积，强化了篝火的气氛。

重点提示

闪光灯同步速度即为闪光灯闪光时的快门速度。在多数情况下，能与闪光灯配合使用的最快快门速度大约在 1/125 s 或 1/250 s 左右，但是具体速度需要查询用户手册来确定。

影棚摄影是使用人工光源照明的主要场所。如果你在摄影棚内拍摄，那么你的选择可就多了，完全可以根据自己的创作需求，营造出"完美光线"。这时主要需要考虑三方面的因素：主光、补光、反光板（用于额外的补光）。很多时候，你还应该考虑添加背景光或是头发光。

主光将投射在拍摄对象身上，从而在他们的面部制造出基本的光影格局。打好主光的最简单方法之一就是使用一个大大的柔光罩，并将它放在和拍摄对象间隔一段距离的地方。这样你就能够获得柔和、均匀的光线，并且使光线顺畅地漫射至四周。补光的用途在于对可能由主光（或其他环境光）在拍摄对象面部造成的阴影进行补充照明，使阴影变浅。补光既可以选择真正的第二光源（制造的光线仅次于主光），也可以在拍摄对象身旁与主光相反的方向放置一个反光板。在使用补光光源的时候，还可以加上一个补充反光板，实现额外的补光效果。这种做法经常用于给拍摄对象营造突出烘托以及均匀分布的光线效果，或是令他们眼中的光亮更加闪耀醒目（图 6-1-26）。

影室光源在使用上有很多的可能性，只要多多实践就能掌握各种灯光方案的造型特征，常规的方案可以提高你的工作效率，而突破性的尝试可能带来令人耳目一新的佳作。

人像可以是在对被摄体毫无了解的情况下拍摄的照片，也可以是摄影师被授命去执行一项特殊任务时拍摄的照片。由于涉及方方面面，所以有许多技术性问题需要处理，不同的情况下需要配备不同的影像设备；不同的拍摄视点适合不同的

● 图 6-1-26 影室人像 史可鉴

图 6-1-26 这张影室人像照片只用了很少的两盏灯光，左侧是主光源，右侧光用较少的输出以避免人物半边轮廓淹没在深色背景里，营造出室内窗边的戏剧化效果。

重点提示

如果灯光距离拍摄主体近，主体和背景间的光照度差别会比较明显；如果灯光距离主体较远，则背景也会相应地变亮。该原则同样适用于侧光，侧光源离被摄主体近时，整个画面的光线衰减将比光源离主体远时更明显。

人物面容。人像摄影并不局限于对静止人物的摆布，抓取运动中的人物可使人像显得生动、活泼，而捕捉人物活动时的瞬间会使影像产生意想不到的结果。

实践训练	重点提示
在摄影棚拍摄一组人像，先只使用一支闪光灯，变换各种角度拍摄；再加一支闪光灯拍摄，尽量多地尝试多种布光方式及影调风格。 拍摄一组自拍像，结合适当的创意及后期，诠释对自我的认识。	如果要得到一幅完美的自拍作品，需要经过大量的尝试与出错的过程。自拍是表达自己、描绘自己个性最有效的途径之一，大部分人都很难做好。你可以先使用自动聚焦模式，之后改用手动聚焦模式。这样，当你移动到镜头前面准备拍摄时，可以避免相机重新聚焦。

第二节　景　观　摄　影

景观摄影通常包括自然风景摄影、建筑及室内外场景摄影等，相对于其他摄影形式，景观摄影更注重对自然或人为环境的再现及表达。照片呈现强烈的空间感，给人身临其境的自然氛围，体现拍摄者对某个地方的认识及感觉（图6-2-1）。

● 图6-2-1　一路向东　苏澄　摄
　　有意思的景观照片不必来自那些标志性的风景名胜，这幅照片摄于郊区一个平凡的地段，一大块不平凡的云彩使画面充满了意味。拍摄风景要留意景观中究竟是哪些元素打动了你。

一、自然风景的拍摄

风景无疑是拍摄中最广泛的题材之一。你如果足够幸运，出门就能见到美景，或者你也可以去一个美丽的地方度假，或到更远些的地方徒步旅行。不管采取何种方式，风景摄影对每个人来讲都是能引起共鸣的。然而我们都有过这样的经历：我们在如画的美景中游览时，都会想要把自己看到的美景都拍下来，生怕错过了一处。但当我们回家后再看这些照片时却发现它们是如此单调和乏味。所有曾让我们着迷的东西都拍进了照片，但就是没有感觉。这是为什么呢？这是因为我们在现场欣赏时，视线会扫过整个景色，经过选择后将注意力集中到某个足以吸引我们的元素上。视野内的景物都会被我们看到，我们的眼睛和大脑拥有的能力让我们忽视掉那些没有吸引力的细节。但是相机却没有这样的能力。因此，掌握一些相应的风景摄影技巧是必要的。

● 图 6-2-2　双肩背摄影包

1. 器材的选择

首先需要一个**摄影包**，最好可以防水防尘，双肩的一般比单肩的舒服很多（图 6-2-2）。其次是**三脚架**，碳纤维材质的会比较轻巧耐用（图 6-2-3）。**滤镜**也是风光摄影的重要配件之一，它可以还原真实的拍摄效果。**中性灰滤镜**可以有效地降低进入相机的光线，可以拍出瀑布、河流、海水的动感效果。**偏振镜**主要是用于晴天拍摄，能够使蓝天更蓝，还可以削弱玻璃、水面等物体的反光。当然滤镜的使用是会造成画质的损失，摄影师要自己来权衡利弊。

● 图 6-2-3　稳固的三脚架

每个摄影师对于镜头的选择都会有各自的爱好，有人喜欢广角有人喜欢长焦，但总体而言一般使用带有**广角焦段**（图 6-2-4）、**变焦比在 3 倍左右的镜头**，可以有效地利用广角端来突出前景，增加画面的空间感。

除此以外，**充足的电池储备及数据存储卡**也是很重要的。

● 图 6-2-4　Canon EF 16~35 mm f/2.8L II USM 镜头

> **重点提示**
>
> 熟悉你的器材，自然光线的变化常会使被摄体的情况随之发生急速变化，在拍摄中要善于敏锐地抓住稍纵即逝的美妙瞬间，而前提是你要真正熟悉、全面掌握使用的器材，尤其是相机的各种功能。如果仅仅因为不了解器材，手忙脚乱而错过极好的拍摄机会，那是无法弥补的损失。

2. 把握时机

光对于摄影的重要性不言而喻。在风景摄影中，有了光的照射，画面才会产生明暗层次、线条和色调。拍摄风光主要是以太阳光作为光源，太阳的位置不同，照射在景物上产生的效果也不同。因此，景物在一天中各时段的变化是很大的，把握时机才能拍到精彩的照片。

在风景摄影中，用顺光拍摄景物能够给人明亮、清朗的感觉。但是，顺光照射景物过于平正，明暗之分不明显，这往往会使景物主体与背景的色调趋于融合，画面缺乏立体感。

重点提示

要想拍到精彩的风景照片最好的办法经常是早早出发，当第一缕晨光照亮天空时就已经到达拍摄场地，做好准备。计划好黎明前、日出和清晨时刻的拍摄地点，这些地点可以相互靠近，这样就不用从一个地点跑到另一个地点而浪费宝贵的时间。美妙的光线不会持久的。清晨或傍晚的时候，阳光的色调要比中午暖一些，容易拍到精彩的照片。在一个地方多花些时间比四处跑动更富有成效。

图 6-2-5 是典型的顺光环境，景物缺乏立体感，但物体的固有色能真实有效地反映出来。这幅照片利用中长焦镜头压缩画面，形成较抽象的效果。

侧光在风光摄影中是用得较多的一种形式。尤其是 45° 角的前侧光，不仅能够使景物具有一定的明暗反差，增强景物的立体感和画面影纹层次（图 6-2-6），同时，对画面色彩的还原也比较理想。而 90° 角的侧光，能够使景物的明暗各占一半，画面的明暗反差和立体感非常明显，尤其

● 图 6-2-5 沂蒙秋色 苏澄 摄

● 图 6-2-6 明孝陵 苏澄 摄

是在表现建筑物等表面不平整的物体时，效果更为突出。摄影者在利用侧光拍摄时，要注意尽量对画面的明亮处进行测光，避免造成画面局部曝光过度。

逆光是风光摄影中最有个性的光线。逆光是指阳光从相机的对面照射过来，景物被光线照射的部分都会产生光亮的轮廓，主体与背景得以明显地分开。逆光最适合表现前后层次较多的景物，在每一景物背后都勾勒出一条精美的轮廓光，使前后景物之间产生较强烈的空间距离感和良好的透视效果。

图 6-2-7 是一个秋日的山区小景，逆光产生更好的层次，曝光依据为画面的受光部分。

散射光一般是指在阴天等太阳光线被云层遮挡时所散发的光线。在这种光线下拍摄，被摄体没有明暗的线条界线，也不会产生阴影，而只表现出平淡的物体影像和阴沉的气氛。因此，当摄影者处于阴天的散射光情况下，需要尽可能缩小景物范围，采取较近距离的中景或局部场面进行拍摄，才可能获得比较清晰的效果。同时根据实际情况的需要，采用较大的光圈或者增加一定的曝光补偿量，可以避免阴天光线引起的曝光不足（图 6-2-8）。

了解各种光线条件下的景观特征能让你拍出更好的照片，把握时机意味着掌握一天中各时段的光线特征。

通常傍晚和黎明是风光摄影的最佳时机。晴朗多云的天气很容易形成朝霞、晚霞。拍摄日出可以在太阳刚冒出地平线的时候进行；日落则可

● 图 6-2-7　斜阳　苏澄　摄

● 图 6-2-8　关麓　苏澄　摄

以当光芒不那么刺眼的时候进行拍摄，不仅能得到非常柔和的效果，而且光线变化多端，这时候的景色是非常令人心旷神怡的（图6-2-9、图6-2-10）。

● 图6-2-9　南湖炊烟　苏澄　摄
　　这幅照片的亮点在于色彩，而这样的色彩与气氛只有在清晨才会出现。

● 图6-2-10　落日　夏泠清　摄
　　这是一张非常典型的落日余晖照片，傍晚时分总能赋予景物更丰富的温暖色彩，拍摄这样的照片要注意避免曝光过度。

　　同时，还要学会利用坏天气：薄雾、阴云笼罩、风暴在即……这些所谓不好的光线条件都是可以利用的。实际上，我们所见到的风光摄影佳作有许多并不是在阳光明媚、晴空万里的天气条件下拍摄的。图6-2-11是在山上多雾并下着小雨时拍到的，雨天登山拍照确实非常不便，但一

当用数码拍摄时，不要太频繁使用液晶显示屏，因为这样会加快消耗电池电力。确保你有足够多的存储空间（存储卡）来存储你想要拍的东西。要拍到好的风光照片，光有设备是远远不够的，一天之中的时机是至关重要的。

在附近找一处开阔而有趣的地方，利用早晨、傍晚及中午各时间段去拍摄，比较所拍照片的差别与优劣。

● 图 6-2-11　三清山　苏澄　摄

定是非常值得的。

3. 捕捉色彩

有研究表明，色彩是在大多数观看过程中最先被注意的因素。拍摄中有意识地呈现色彩的表现力有着决定性的作用。图 6-2-12 这幅照片用抽象的方式拍摄了非常常见的霓虹灯，没有什么实质性的内容，但这也恰恰说明了仅仅色彩和节奏就能打动我们。

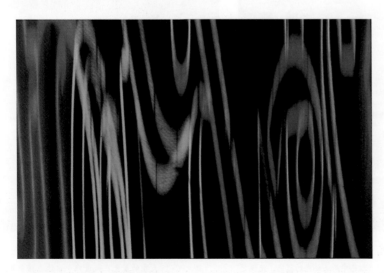

● 图 6-2-12　霓虹　马康　摄

● 图 6-2-13　色相环

不同性格的人喜欢不同的颜色，这说明色彩具有情感性，能渲染气氛。强烈、醒目的色彩能透射出生命的活力。色彩是一瞬间的感受，有人把它比作音乐，而色相和明度就像和弦与音阶一样，敲打着我们感觉，控制着我们的情绪。利用色彩象征作用的照片具有非常强烈的视觉冲击力。

光的三原色是红、绿、蓝，而对应的互补色是青、品红、黄色。色相环上相邻的色彩可以产生和谐的效果（图 6-2-13），例如蓝色和绿色。而与之相对的色彩组合在一起就不和谐，但是这种冲突往往吸引人们的视线，刺激人们的视觉。

尽管有的时候光线看起来像"无色"的，但它其实也是有色彩的，我们称其为色温。只是我们的眼睛和大脑组成的"计算机"能够调整感知、适应变化，我们很难注意到罢了。但是数码传感器和胶片则会记录下我们看不到的色彩（图 6-2-14 至图 6-2-17）。

清晨和傍晚的阳光拥有温暖的色调，中午阳光投射的阴影则会变得很蓝。钨丝灯光明显偏黄，而且反射这种光线的表面也会呈现出相应的颜色。对于数码相机而言，**你可以使用白平衡功能来消除或强调光线的颜色**（见本书第四章第一节）。

● 图 6-2-14　李家山窑洞　姚俊　摄
　　图 6-2-14 上连绵的土红色中两点鲜亮的蓝色，使视觉为之一振，同时也是填塞的画面让人舒畅的关键点。

● 图 6-2-15　南湖　苏澄　摄
　　图 6-2-15 天空的蓝色在风景照中永远占据重要的地位，蓝白相间的配合带来洁净、宁静的视觉感受。

● 图 6-2-16 四月 苏澄 摄

　　图 6-2-16 是典型的由近似色形成的画面，不同色相及明亮的绿色构成一曲和谐的田园牧歌。

● 图 6-2-17 乡间偶遇 苏澄 摄

　　图 6-2-17 本来是一幅普通的农家小景，但拍摄者有意识地将门前的木槿花纳入前景，给整幅画面带来明艳而醒目的视觉效果。

重点提示

　　相机白平衡设置是决定照片色调的重要因素，避免惯性使用自动设置，有意识地调整白平衡可以获得更准确的色调及有创意的色彩效果。

实践训练

　　尝试在"热烈"、"冷静"、"压抑"等形容词的引导下，用镜头捕捉对象中的色彩，避开具体的主题，让抽象的色彩表达情绪。

二、建筑摄影的拍摄

　　在景观摄影中，建筑摄影是一个专门的门类（图 6-2-18）。建筑师通过建筑设计来表现建筑，表现自己的设计意图；摄影师通过摄影技术来表现建筑，表现自己的创作意图。建筑摄影不但要表现出建筑的空间、层次、质感、色彩和环境，更重要的是作品必须保持视觉上的真实性，作品要求既追求表达建筑美学上的艺术性，捕捉光影变化中的瞬间美，还要把人们看到的横平竖直的建筑物表现在照片上。这就是建筑摄影既不同于纪实摄影，又不同于艺术摄影的创作要求。

　　因为平视是人们最常用的视角，平视所看到的建筑最自然、最真实，也最容易被人们接受（刻意用倾斜线来表达视觉的冲击或追求戏剧性构图的作品除外）。为此，一些相机制造商开发生产了一些可以调整透视关系的相机或移轴镜头，以适应建筑摄影的这一基本特点。

　　1. 建筑摄影的器材

　　建筑摄影所使用的器材与其他摄影所使用器材是有所区别的，因为建筑摄影普遍要求对照片中的建筑透视失真予以校正。使用普通相机平视取景时，虽然原本垂直地面的线条在照片中

● 图 6-2-18 建筑摄影 马康 摄

● 图 6-2-19　建筑摄影　苏澄　摄

也能保持垂直，但此时镜头的像平面中心却无法像透视图中的视平线那样上下移动，这无疑增加了用普通相机拍摄建筑，特别是拍摄高层建筑的难度。为此，不少摄影师不得不采用仰视拍摄，以求得到建筑物的全景，但是这样取景拍摄的结果会形成建筑物原本垂直地面的线条向上汇聚的透视效果（图 6-2-19），这种效果会给人一种不稳定的感觉。

建筑摄影大多需要使用可以调整透视关系的摄影器材。建筑摄影的首选器材自然是大画幅相机（4×5 或 8×10）（图 6-2-20），因为大画幅相机的皮腔部分可做大幅度调整，尤其是近拍高大的建筑物时，这种优势极为明显。再有就是较大的底片可以更好地记录影像更为细微的部分，这对于大型广告图片的制作非常重要。不过大画幅相机的操作比较复杂，移动调整和更换胶片均较繁琐，携带安装也并不便利，所以在对片幅没有刻意要求的情况下，一些中画幅相机（包括 35 mm 单反相机）同样能够满足建筑摄影的基本要求。

● 图 6-2-20　仙娜 X 型技术相机

此外，**中画幅单反相机和 35 mm 单反相机中均有一些移轴镜头可用于建筑摄影，**移轴镜头可以在平视取景的前提下，把镜头的像平面中心相对焦平面中心向上或向下移位（图 6-2-21），从而在镜头的焦距范围内将建筑的顶部（地面拍摄）或底部（高处拍摄）移进取镜器内，而垂直线条在照片中仍保持垂直（图 6-2-22）。

2. 建筑摄影的基本技巧

（1）保持水平

无论是使用移轴相机还是普通相机，拍摄建筑时一定要保持水平，

● 图 6-2-21　加装移轴镜头的单反相机

● 图 6-2-22 建筑摄影 马康 摄   ● 图 6-2-23 东方明珠 马康 摄

以避免使建筑物透视失真，保持稳定感。在图 6-2-23 中，作为地标性建筑，这个视角的照片数不胜数，但摄影师巧妙地利用两次曝光的方式，给背景铺上一层霓虹的色彩，带来完全不同的视觉效果。

（2）取景构图

主题和艺术情趣首先是通过取景构图来予以表达的。由于建筑物具有不可移动性，选好拍摄点对取景构图就尤为重要。拍摄点应有利于表现建筑的空间、层次和环境。空间是建筑的主体，层次表现空间的变化和深度，而环境则不仅仅是为了衬托建筑，创造一种气氛，其本身就是建筑的一个不可缺少的组成部分。优秀的建筑（或建筑群）必然具有优美的建筑环境。有时为了突出主题，取景构图时也可故意摄入其他建筑作为陪衬，但一定要注意主体建筑与其他建筑的透视关系，不能喧宾夺主（图 6-2-24、图 6-2-25）。

（3）正确用光

建筑是依靠自身的三度空间来表现其立体空间的。用平面的照片形式来表现立体空间，在一定程度上也有赖于光与影的谐调。正确用光的含义是指控制光的方向、强度和品质，既要表现出受光面材料的纹理质感，又要能显示出阴影凹处的深度和细节。标准光是指与建筑物正面成45°时的前侧光，**但在表现外墙装饰为玻璃材料等现代建筑时，光照的角度就要灵活掌握了，**既应避开强烈的反射光，又应表现出材料反射的质感，还要使其表面所反射出来的周围景物不破坏主题。**逆光虽无法表现建筑的细节，但却有利于表现建筑物优美的轮廓线，**而顶光和平光（即正光）

● 图 6-2-24　分界　马康　摄
　　图 6-2-24 拍摄的是旧城区的一片天际，既使视野有限，也能利用一线黑瓦勾连转承，书写飘逸的水墨意境。

● 图 6-2-25　国会大厦　苏澄　摄
　　富有强烈装饰意味的前景也可以形成一个完美的框架，甚至主导画面的节奏与韵律（图 6-2-25）。

会使建筑物缺乏立体空间感。有时我们可利用晨曦、夕阳等特殊光线给作品带来色彩绚丽的光影效果（图 6-2-26、图 6-2-27）。

（4）清晰细腻

　　保证影像清晰细腻是建筑摄影的根本，最有效的方法就是精确对焦，并用小光圈来加大景深。另外还要使相机稳定，并正确地用光，这样才能使建筑物的形体特征和材料质感一览无余地表现在照片上（图 6-2-28）。

● 图 6-2-26　建筑摄影　马康　摄

● 图 6-2-27　都市一隅　马康　摄
　　图 6-2-27 中都市的高楼将光线撕成碎片，落在裙楼一角的夕阳好似戏剧舞台的一幕。

● 图 6-2-28　街景　马康　摄

三、景观摄影的构图技巧

景观摄影的画面构图就是把要拍摄的客观对象有机地安排在照片画幅里，使它产生一定的形式感，把摄影者的意图和观念表达出来。这里包括：照片给观者的总的视觉印象；被摄主体在画幅中如何再现；被摄主体在画幅中所处的位置；照片画幅的长宽比例；被摄体之间的相互关系；透视与空间深度的处理；影像清晰与模糊程度的控制；影调与线条的运用；色彩的配置；气氛的渲染等。总之，它涉及构成摄影画面总印象的一切造型因素。研究摄影构图的目的是为了增强照片的效果，使画面更有艺术感染力，更能给观众留下深刻的印象，更好地表达摄影作品的主题内容。

摄影构图的基本要求是使照片上的形象鲜明、易懂、有表现力。这意味着在考虑摄影画面的构成时，要尽可能使主要的被摄对象鲜明突出，使它从周围环境中突出来。被摄体相互之间的关系要协调、统一，不可互相争夺视线。被摄体的形状要处理好，要使观众易于理解，作品所蕴含的意图能够尽快地被观众所领会（图6-2-29）。

景观摄影的画面构图是有一些规律可循的，大致有以下几个原则。

① 平衡。画面的布局采用对称或非对称式，以达到画面的视觉均衡。

图6-2-30和图6-2-31是同一场景两张不同的构图，一张是典型的对称式画面，稳定而庄重；另一张略带C形的竖构图，显得随意自然。

② 对比。采用大小、高低、远近的对比手法。

一个可以让你的风景照脱颖而出的元素就是在拍摄时仔细考虑你选取的前景，并且将图像的吸引点放置在前景内。这样你不但可以把看照片的人带入照片里，也可以创造据有延伸感的景深（图6-2-32）。

图6-2-33中，近处的石栏杆几乎占据了一半的画面，远处缩小的景物显示出一个具体的空间，虽然没有诱人的光线，没有开阔的画面，但照片中的空间塑造依然是作品的亮点。

● 图6-2-29　宏村　苏澄　摄

该图的主要拍摄对象是悬挂在半空中的织物，丰富灵动的花纹和特殊的拍摄角度使得这个看似平常的场景具有了强烈的视觉效果。在这幅图中，织物向右上方斜拉的角度十分重要，它与作为背景的建筑所形成的斜线相交，形成了稳定而富有张力的构图。

● 图 6-2-30　室内 1　苏澄　摄

● 图 6-2-31　室内 2　苏澄　摄

重点提示

　　使用大广角镜头靠近前景的被摄体拍摄。理想的办法是通过选择小光圈以取得最大的景深，让前景和远处的景物都得到清晰的再现。

● 图 6-2-32　三清山　苏澄　摄

● 图 6-2-33　安昌　苏澄　摄

　　③ 主题。主题布局在画面的位置突出。

　　主题在画面中不一定很大，但明确而突出，关键是没有其他的干扰因素。要抓住照片的主题，你必须先确定让你止住脚步的是什么东西？景色中抓住你的注意力，让你想把它拍摄下来的是什么？是远处的山顶，水中的光线，秋天树叶的颜色，还是辽阔的天空？景色中的某件东西使你产生共鸣。无论是什么，这应该是画面里的兴趣点(图 6-2-34、

● 图 6-2-34 清晨 苏澄 摄

在图 6-2-34 这幅作品中，最引人注意、也最打动了摄影者的，是画面中在水上和水边劳动着的人。在这幅作品中，人作为主体所占画面的比例并不大，但是其所在位置和丰富的动作使整个景色变得十分生动。

图 6-2-35)。

④ 画面的呼应关系。

照片中各元素要有机地联系起来，各种引导线（包括视线）是连接画面的关键。图 6-2-36 中照片左边的一角松枝是构图的关键：它既稳定了左边空白，又与右边较长的松枝构成一根优美的曲线，贯穿画面，延伸画外，扩展了视觉空间。图 6-2-37 中那排树木的节奏和人物的节奏也形成了一组呼应关系。

● 图 6-2-35 天空 苏澄 摄

如图 6-2-35 中云彩和电线构成了奇异的画面，那就把构图空间都用来表现这一特征吧。

● 图 6-2-36 探 苏澄 摄

● 图 6-2-37　摄影季节　苏澄　摄

⑤ 画面的节奏。

节奏就是画面中的重复因素，线条、造型、色彩等都可能形成节奏。图 6-2-38 中由近而远的渔船构成一个纵向延伸的节奏。而在图 6-2-39 中，起伏的地面使得树干的投影形成了富有变化的曲线，具有很强的节奏感和秩序感。

● 图 6-2-38　渔人码头　苏澄　摄

● 图 6-2-39 雪景 马康 摄

⑥ 画面的分格方式。

为了使画面生动且富有秩序感，也可通过对画面进行分格的方式来处理构图，合理分配各元素在画面布局中的分量。在取景的时候，要非常注意镜头中各元素所占的比重，可以试着移动镜头，观察各元素的位置变化给构图带来的不同（图 6-2-40、图 6-2-41 ）。

● 图 6-2-40 城市雕塑 苏澄 摄

图 6-2-40 中利用雕塑的结构将画面分割成大小有序的三角形，既形成有趣的节奏，又在造型上获得完美的统一。

● 图 6-2-41 渔村小景 苏澄 摄

图 6-2-41 这张照片在画面各元素的布局上可谓精心控制，既考虑了各自的分量，又协调了相互的比例。

重点提示

一幅好的摄影作品要有一个好的主题；

一幅好的摄影作品要有一个能吸引读者注意力的视觉中心；

一幅好的摄影作品要简洁明了。

——美国纽约摄影学院《摄影教材》

四、景观摄影一些有用的提示

1. 使用大景深

为了保证景观摄影的前后都清晰，一般我们都采用大景深来拍摄。当你选用小光圈时，一般都需要较长时间的快门，这时需要相机在整个曝光过程中都能保持平稳。实际上，即使是使用高速快门，练习使用三脚架也一样会对你有所帮助。如果你希望相机在照相时更加平稳，可以考虑使用快门线或者无线遥控器。

类似于图 6-2-42 这样的日出时刻往往持续不到一分钟，耐心等待和专注拍摄是必不可少的。当然，经过几个小时的煎熬而一无所获也是非常正常的。

2. 经常考虑前景

在拍摄时仔细考虑你选取的前景可以让你的风景照脱颖而出，将图像的吸引点放置在前景内，这样不但可以起到吸引观众的作用，也可以

● 图 6-2-42　日出海边　苏澄　摄

创造具有延伸感的景深。

　　很多初级摄影人拍摄风景时不擅长利用前景，往往使照片看上去平淡乏味。图6-2-43就很好地把握了前景的特征，对前景中向日葵的形态、构图的处理也十分到位，同时也创造出了宽阔的景深效果。

● 图6-2-43　向日葵　苏澄　摄

3. 关注引导线

　　引导线在风光摄影中尤为重要。引导线顾名思义就是引导读者的目光进入画面的途径，例如一条向远方延伸的小桥、小溪、公路等。这条引导线能将观众带入整个画面，避免观众的视线飘移到画面以外（图6-2-44）。引导线中的对角线更能起到吸引视线的作用。而其他类型的引导线，如水波、影子等不规则线条也可以很好地强化照片构图。

● 图6-2-44　南湖踏歌　苏澄　摄
　　图6-2-44的主体是处于画面上部的建筑群。一条笔直的石路不仅连接起了整个画面的远、中、近景，更将观众的视线牢牢控制在画面最为精彩的中心区域。

4. 在黄金时间里拍摄

有些摄影师会一再强调，不要在白天拍摄，只在黄昏和黎明时拍摄。因为那时是光线最好的时候，黄昏和黎明时的风景照片可以"活"起来。

这些"黄金"时间是拍摄风景身影的最佳时段，因为那是"金光"出现的时间。摄影师喜欢这些时间的另一个原因是光线的角度和光线对场景效果所造成的影响，这时的光线可以制造出生动有趣的背景、层次和纹理（图 6-2-45）。

● 图 6-2-45 仙都 苏澄 摄
图 6-2-45 这张傍晚的照片气氛很好，摄影者有意识地降低曝光以突出晚霞的色彩，前景的花草是利用机顶闪光灯减少输出照亮的。

● 图 6-2-46 门前小景 苏澄 摄

5. 改变你观察的角度

照相时多花点时间，尝试寻找更多的兴趣点。我们可以从找一个不同的拍摄地点开始（转转小路，寻找某个新角度）；趴在地上从低角度拍摄；或者找个有利的高点进行拍摄。探索周围的环境，从不同的角度进行多样的尝试，你会发现一些真正独一无二的东西。图 6-2-46 是渔家门前的晾晒，利用一台带翻转屏的相机从底下取景，获得了这张有趣的画面。

如果你要得到不错的风景照，那么最重要的是你得投入时间。当你身处一个陌生的地方，你要花时间去发现——**驾车或是步行，到不同的地点去，发现不同的视角。**

摄影是一门观察的艺术，一门想象的艺术。在使用徕卡相机的摄影师俱乐部里，有这么一条理念："你能看到，你就能拍到。但是学会如何看到，也许要花许多时间。"

第三节　静　物　摄　影

照片并不仅仅用来表现美丽的风景或是漂亮的脸庞，有时，一片小小的美丽树叶，一朵盛开的鲜花，抑或是一桌丰盛的佳肴，甚至是夕阳中一辆崭新的汽车，都会促使我们举起相机。这类照片称为静物摄影，美丽的造型、奇异的色彩、丰富的肌理往往是这类照片的看点，静物摄影已成为现代商业摄影中一个越来越重要的门类（图6-3-1）。

一、静物摄影的器材

静物摄影是整个摄影领域中不可缺少的组成部分。当你在一些时尚杂志的封面上看到那些精美的饰品，或是各种各样香水瓶的时候，是不是会莫名产生一种惊讶，为什么同样的东西，在摄影师的手中就可以拍得惟妙惟肖，而在自己的手里拍出来的感觉就是那样平凡呢？除了摄影技巧之外，静物拍摄对于器材也有特别的要求，拥有一个好的平台，往往在拍摄中事半功倍。

1. 镜头的选择

大多数镜头通常都可以用来拍摄静物，但某些静物摄影的题材就必须使用专门的镜头，比如微距镜头（图6-3-2），它可以拥有很小的对焦距离，对于拍摄细小物品是很有用的。

2. 三脚架

用于静物拍摄的三脚架不一定要很大，但要能放得很低，以便相机获取更多的拍摄角度。图6-3-3和图6-3-4是不同特点的三脚架装置。

● 图6-3-1　干裂的石榴　苏澄　摄
　　一个只有核桃大小的石榴挂在枝头，裂了，干了，随后就是落入泥土，然后消失；可是，一个不经意的观察者留下了一幅照片，呈现出它宝石般的美丽。镜头再现了美，而镜头后的那双眼睛是真正的发现者。

● 图6-3-2　EF 100 mm f/2.8L IS USM 微距镜头

● 图6-3-3　低机位三脚架

● 图6-3-4　多角度云台连接装置

重点提示

在进行静物摄影时，尽量考虑使用快门线或遥控器，因为静物照片通常要求较高的清晰度和景深。

3. 影室用静物摄影器材

有大量的静物摄影都是在影室内完成的，现在市场上有很多相关专用设备，如摄影台（图6-3-5）、各种型号的亮棚（图6-3-6）、背景纸以及固定件、小电筒等。

● 图6-3-5　摄影台　　　　　　　● 图6-3-6　亮棚

二、自然静物的拍摄

静物摄影一般包含自然静物的拍摄和影室静物的拍摄。日常安放的物体及自然界的花草木石虽然能形成悦目的构图，但它们并不是刻意为摄影安排在一起的，因此被称作自然静物。拍摄自然静物的奥妙在于发现恰当的拍摄角度和使用合理的光照，并将物体美妙的纹理展现在照片里（图6-3-7）。

● 图6-3-7　大漠遗韵　马康　摄
　　这张照片的视角很普通，也没有展现胡杨所谓的"顽强的生命"。但是，沙子和树干强烈的质感对比，表达出了环境的特征，以及大自然不事雕琢的美。

1. 观察、寻找、感受

自然静物摄影很大程度上取决于摄影师的观察能力，看到才能拍到。自然界中那些美丽的细节就像散落在草丛中的珍珠，善于发现的人才有收获。各种静物往往是以奇妙的造型、绚丽的色彩或是突出的光线打动我们的视觉，因此，保持开放的好奇心及敏锐的感知力是非常重要的（图6-3-8至图6-3-10）。

● 图 6-3-8　花园　苏澄　摄

　　图 6-3-8 使用 20 mm 广角镜头拍摄，春天里有着奇异纹埋的树桩以莫名的方式打动我们，拿起相机不一定要有明确的理由，照片中那些无法言表的东西可能是最有价值的。

● 图 6-3-9　墙角　苏澄　摄

　　好照片有时就来自你的身边，这张照片摄于所居住的小区，前景的虚影是挡在镜头前的叶子，虚实对比产生的美感是此片的重点。

● 图 6-3-10　雪后　苏澄　摄

　　有意思的画面可能出现在任何地方，用随身携带的小相机拍摄，训练自己对抽象画面的捕捉是一个不错的学习方式。

2. 微距摄影

微距摄影和普通摄影没有本质上的区别，都是通过相机镜头传输记录主体的形式，但在记录方式和内容上有所不同。普通摄影是依据生理视觉而设计的工具，用以记录以我们的视角视阈的范围，而微距摄影、广角、长焦镜头摄影都是拓展了我们正常的视觉范围，为的是达到一种需求，记录特殊的影像。

可以用以下几种方式实现微距摄影。

① 使用专门的微距镜头，价格较高但成像质量可以得到保证。

② 带微距挡的变焦镜头，这是一种比较流行的方式，使用起来方便灵活，业余爱好者大多使用这种方式。然而**微距挡设在变焦镜头长焦端与短焦端拍出的影像是有区别的。**

③ 使用接圈，通过增加镜筒的长度来改变像距，达到放大的目的。根据凸透镜成像原理，当像距增加到2倍焦距处，影像与实物等大。由于接圈使用时放在镜头后面，一是不够灵活，二是影响曝光量，在翻拍1∶1幻灯片时常用这种方法。

④ 使用可以伸缩的近摄皮腔，与接圈原理相同，但它比固定长度的接圈灵活且延伸量大，可以达到10∶1影像比的拍摄。此种方式可以拍摄出很好的作品，特别是在进行花卉或昆虫摄影时使用。

⑤ 最廉价的方式是使用"近拍镜"。近拍镜是拧在镜头前面，通过缩短最近拍摄距离实现微距摄影目的的一种摄影附件。由于是单透镜的附加，改变了原来的透镜组合，会引起球面差和畸变，使影像边缘质量降低，在操作时需缩小光圈。

⑥ 有经验的人士可以将镜头反过来倒装到机身上。首先要将调焦拨至最近距离，操作时只能通过前后移动来观察对焦，标准镜头反持可以达到1∶1的比例。

微距摄影将平时不引人注意的细部巧妙地浓缩为抽象的图案，大多数爱好者都曾背负着沉重的器材追寻过壮丽的风景，但当我们用微距镜头对准那些微不足道的事物时，我们的视

● 图6-3-11 雨后 马康 摄

重点提示

目前已经非常流行的小DC（数码相机）由于感光器件面积很小，所以镜头的实际焦距很短。一般广角端的焦距只有几毫米，在设计时让镜头稍微远离CCD（电荷耦合器件，数码相机感光元件）就可得到不错的微距效果。小DC在机械设计上也是比较简单，比传统相机容易实现微距功能。

野中同样可以出现一个奇妙的世界（图 6-3-11），这个扩展的视野中一切都将值得我们驻足和凝视。

微距摄影的技巧要点如下。

（1）用你最大的努力去聚焦

拍摄微距照片，诀窍就是聚焦要精确，因为微距照片的清晰焦点范围很小，只有 1 英寸以内的很少一部分。例如，拍摄花朵上蜜蜂的微距影像，必须确保蜜蜂精确聚焦清晰，假设从镜头到蜜蜂的距离变化了哪怕不到 0.5 cm，都会失去清晰焦点。因此，在拍摄奇妙的微距照片过程中，聚焦是极折磨人的。

一般自动对焦在微距上的效果相当有限。因为当你用自动对焦对好以后，再构图时你已经移动了相机，而对焦也已经不同。当然最先进的多点对焦相机闪可以解决此问题。

正确的对焦方法是先在镜头上设定大约的放大率，接近主题，构图，再对焦。

所以需要记住：**先粗略对焦，再构图，再精确对焦**。因为若你用自动对焦或对焦指示或裂像对焦而将主题放在画面中央先对焦，当你移动相机时，对焦位已经不同。即使你能保持相机/镜头与主题的距离（极难做到），由于三角关系，位于非中央的主题和在中央的主题对焦点仍是不同的（图 6-3-12）。

（2）使用稳定的三脚架

微距摄影一般都需要比较慢的速度。何况很多情况下，为了获得更高的放大倍率及特殊效果，还会使用一些额外的微距附件，比如延伸筒、增距镜或者琥珀镜、偏振镜等等。这时实现正常曝光需要的速度就大大降低，所以，三脚架对于微距摄影来说绝对是必需的（图 6-3-13）。

理论上讲，三脚架越重越好。对于拍摄微距来说，我们必须在重量和便携性上做一个妥协。所以你能抗得动的最重的三脚架对于你来说是最好的选择。

● 图 6-3-12　荷塘　马康　摄

　图 6-3-12 可以看到，在近距离摄影中，景深往往很小，精确对焦就显得尤为重要。

● 图 6-3-13　玉兰　苏澄　摄

● 图 6-3-14　桃花　苏澄　摄

● 图 6-3-15　俯视角度

● 图 6-3-16　平视角度

● 图 6-3-17　仰视角度

（3）使用快门线和反光镜锁

按动快门的瞬间动作会使机身产生一定的位移。虽然通过训练可以在一定程度上减少其影响，但是很难根除，特别是三脚架不够稳定的时候更要小心。而单反相机的反光镜动作是快门震动的主要原因，在相机里将反光镜预升设置为开，拍摄时，结合三脚架、快门线，可以大大提高照片的清晰度。

微距拍摄可以拍出非常漂亮的花的照片。但是如果你想把一张普通的微距照片变成一张不同寻常的照片，那么试着加入一些有趣的元素（图6-3-14）。

（4）尝试不同的视角

即使是拍摄很小的物体，变换视角也能带来非常大的不同。

图6-3-15至图6-3-17中一朵普通的小花，分别用俯视、平视及仰视拍摄，获得了完全不同的视觉效果。这些照片是使用一台带翻转屏的小数码相机拍的。

实践训练

拍摄一些微小的物体，比如花卉、首饰等，可以在自然状态下，也可以适当摆布，要求构图得当，焦点清晰，景深控制合理。

3. 静物摄影的用光

静物摄影的用光主要是为了造型和表现质感。通常很少用直射光，而多用有利于质感表达的散射光。静物摄影的造型光多用前侧光、顶光和逆光，其中前侧光最能表现静物的质感，因此在静物摄影中应用最多。

静物种类繁多、质料各异，要表现它们的不同质感需使用不同的光线，例如木器和石料表面都比较粗糙，宜用侧光；金属、瓷器反光强，宜用柔和的前侧光；花果、蔬菜质均柔润，充满水分，多用柔和的顶光。

（1）柔光

柔光适合于表现朦胧、柔和的效果，并适于展现物体的固有色。图6-3-18是利用窗口进来的柔和散射光拍摄的，但这种环境不适于表现立体感。

（2）直射光

直射光适合于表现一些质硬的物体，有明了、清晰、硬朗的效果（图6-3-19）。

● 图6-3-18 玩具 苏澄 摄　● 图6-3-19 墙角 苏澄 摄

（3）侧光

正面光由于不利于表现物体的立体感，一般多用作辅助光，侧光则立体感表现较好，也最适宜表现物体的质感，因此，静物摄影中常用侧光。

图6-3-20这个例子显示出，侧光对于表现物体的立体感是很重要的。图6-3-21同样是用侧光，对于粗糙表面的质感表现也是很有力的；这样的照片当然不能称为摄影作品，但对于视觉设计师来说，采集有意思的素材也是相机主要的工作之一。

● 图6-3-20 玩偶 苏澄 摄　● 图6-3-21 老的砖墙 苏澄 摄

● 图 6-3-22　异形　苏澄　摄

（4）逆光

逆光能突出表现物体轮廓，适合拍摄需要突出轮廓、强调通透感的物体。但由于逆光光照面积小，反差较强，故静物摄影中极少采用逆光做主光。图 6-3-22 用逆光很好地展示了静物与空间的关系，突出的轮廓表现了异形根木的神秘气质。

（5）顶光

● 图 6-3-23　石榴　苏澄　摄

顶光最近似于太阳光照射的方向，有一种近乎自然的感觉。不少作品采用这种光做主光（图 6-3-23）。

对某物体进行简单的拍摄，能否得到逼近实物（表现出质感）的照片？我们用眼睛看物体时，无论物体及其周围环境为何种状态，大多不会将其错看为其他物体，这是因为我们有两只眼睛，可看到立体的物体。而且，即使在以彩色光对物体照明情况下，人眼也能辨认出物体的本来色彩。此外，人眼还可以在经验积累的基础上边调节边观看。

● 图 6-3-24　时间机器　苏澄　摄

但是，照相机却完全不具备人眼所有的应变性，所以对物体如何照明决定了该物体的本质（质感及量感），因此照明是很重要的因素。**光线在摄影中很大程度上决定着物体的本质**（图 6-3-24）。

重点提示

给自己的压力要大一点，你要开始寻找那些别人拍不了的画面，你要带上你的工具向更深处探索。

——威廉·阿尔伯特·阿拉德

实践训练

带上你喜爱的一件小物品，可能是一个玩具，一件古董，或是你从外地带回的纪念品，把它放置在户外的各种环境里拍摄。尝试尽可能多的方式，利用各种光线条件，拍摄一组照片（图 6-3-25）。

● 图 6-3-25　佛　苏澄　摄

　　图 6-3-25 是在户外拍摄的一尊小佛像，这样的场景在室内是无法完成的。

　　在户外拍摄静物的不利之处在于限制和削弱了你对照明的控制，在室内拍摄，你可以随心所欲地设置闪光灯和反光板，可以把光打向墙壁和天花板进行反射照明。然而，在户外，你就得依靠自然光，或是直射的阳光，或是阴天的天空光。当然，你可以利用反光板来影响照明质量，改变光线的照射方向，照亮被摄体上的阴影，缩小反差，另外，你也可以使用闪光灯加强照明效果。

三、影室静物的拍摄技巧

　　在户外拍摄静物，可以得到自然的光照条件，可以从环境中获取灵感，有时可以得到意想不到的构图。然而，对于某些特定的物体，在影室中拍就会更方便，效果更好，如一些非常细小精致的物品或是受委托拍摄的产品，还有一些需要去底使用的设计素材（图 6-3-26 ）。

● 图 6-3-26　在影室中拍摄静物

　　在一般物品中，**吸光物体**是最常见的物体，像木制品、纺织品、纤维制品及大部分塑料制品等都属于吸光物体。吸光物体的最大特点是在光线投射下会形成完整的明暗层次。其中，最亮的高光部分显示了光源的颜色；明亮部分显示了物体本身的颜色和光源颜色对其的影响；亮部和暗部的交界部分最能显示物体的表面纹理和质感；暗部则几乎没什么显示。

　　对吸光物体的布光较为灵活多样。表面粗糙的物体，如粗陶制品等，一般采用侧光照明来显示其表面质感。表面光滑的物体，如部分塑料制品和表面上过油漆的物体，一般都有光泽，会反射少量定向光线，所以宜用大面积光源来照明。布光时，要注意光源的形状，因为这类物体的高光部分能将光源的形状反映出来（图 6-3-27 ）。

● 图 6-3-27　木雕　苏澄　摄

　　这张照片是为画册拍摄的，要求如实展现工艺品的原貌。摄影中在左上方加了柔光罩的主灯，右侧使用一块反光板，白色背景专门用一盏柔光灯加亮，使其过曝，图片经过去底处理。

工艺品的拍摄要注意它的立体感，一般多采用侧光，最好能分出顶面、侧面和正面的不同亮度，还要从明暗不同的影调和背景的衬托中表现出物体的空间深度。测光时光比不要太大。

反光物体主要有银器、电镀制品和搪瓷制品等，它的最大特点是对光线有强烈的反射作用，一般不会出现柔和的明暗过渡现象。反光物体布光一般采用经过散射的大面积光源。布光的关键是把握好光源的外形和照明位置。反光物体的高光部分会像镜子一样反映出光源的形状。由于反光物体容易缺少丰富的明暗层次变化，所以，可将一些灰色或深黑色的反光板或吸光板放置在这类物体旁，让物体反射出这些色块，以增添物体的厚实感，改善表现效果。

对形状和体积特别复杂的反光物体，布光时需要采取复杂的措施，最常用的是"包围法布光"。"包围法布光"是指除了照相机镜头开孔之外，用一个亮棚将被摄物体包围起来，然后再在亮棚的外部进行布光。"包围法布光"所用的亮棚可以用白纸或白色织物做成，用透明的支架（如有机玻璃棒或尼龙绳等）加以固定。用"包围法布光"时亮棚的设计布置是多样的，但有一点应明确，反光物体会像镜子一样毫不保留地将周围的一切反射回去，亮棚稍有缺陷就会在被摄物体上显示出来（图6-3-28）。

质感的表现是静物摄影的主要方面，要将其表现出来，除借助于某些道具外，关键在于用光。对于表面比较粗糙的木和石，拍摄时用光角度宜低，多采用侧逆光；而瓷器宜以正侧光为主，柔光和折射光同时应用，在瓶口转角处保留高光，在有花纹的地方应尽量降低反光；对于皮革制品通常用逆光和柔光，通过皮革本身的反光体现质感。

● 图6-3-28　使用亮棚拍摄的"包围布光法"

图6-3-29这张照片采用柔和的顶光及正面光，利用与锡壶材质相近的不锈钢为背景，以强调锡的质感为主。

● 图6-3-29　两只锡壶　苏澄　摄

一般情况下，对手表或首饰等多用柔光照明，对多面的宝石则用直射光布光。布光时应注意手表的质感能否得到很好的表现，表的每个面、每条棱线是否达到理想的明度等，若不够理想，要耐心地进行调整，直至有了完美的效果（图6-3-30）。

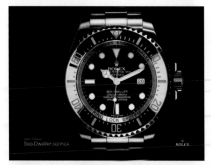
A. 手表（劳力士官网）

B. 手表　何珂　摄

● 图6-3-30　手表摄影

由于手表和首饰通常较小，拍摄时要作近距摄影，因此，使用的器材应从近距摄影的角度来考虑。照相机以机背取景式的大片幅照相机为佳，大片幅照相机的蛇腹能作较大幅度的伸缩，给近距摄影带来许多方便。镜头一般选用中、长焦镜头和微距镜头。使用中、长焦镜头时，镜头与被摄体的最近对焦距离可稍大，布光较为方便。但如果对拍摄画面的质量要求非常高，则应选用微距镜头。

实践训练

准备一只造型丰富的不锈钢器皿或一只体积较大的手表，利用各种布光方式（可以利用一些辅助道具及亮棚）拍摄一组照片。

四、静物摄影构图

创造性的静物构图是懂得何时才算最完美。完美的构图总是讲究均衡和协调。应该把被摄体有机地组合起来，以便突出焦点，而不是减弱焦点。创作具有均衡效果的静物构图是一种本能的行为，而不是当你的视线从画面中的某一个物体转向下一个物体时才认识到的。因为在摄影中，画面中的每个物体都应具有给其他物体添加情趣的本性。

用于拍摄静物照片的物体应具有诸如形状、色彩、形态和质感等方面的特性。当你开始注意到这些特征及其互相间的内在联系时，你的创造性视野就会得到无限扩展（图6-3-31）。

大部分静物画面是逐步构成的。首先从最重要的物品着手，透过取景观察，然后调整其位置，直到满意为止。然后增加第二种物品，透过

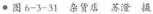

● 图 6-3-31　杂货店　苏澄　摄　　　　● 图 6-3-32　废墟　苏澄　摄

● 图 6-3-33　书上的她　苏澄　摄

　　图 6-3-33 这张照片只是利用了桌上的一盏台灯，背景使用了一块红色的纱巾，三脚架慢速曝光，自定义白平衡调出自己想要的色彩。

取景器再检查影像。运用这种方法，**你可以一件件地布置和安排画面，进行局部调整，直到获得满意的结果。**

　　拍摄静物时，应寻找某个能把画面内容统一起来的元素，可以是质感、功能、色彩、形状或时代等等。同时，恰当的背景和照明也非常重要（图 6-3-32、图 6-3-33）。

　　静物摄影的常见构图方式如下。

　　（1）黄金分割（三分法）

　　在绘画与摄影中，将画面的上下左右各平分为三等份，他们的四条等份分割线相交成四个点，这四个点都分别是安排作品趣味中心的最佳位置，详见本书第五章图 5-2-31、图 5-3-25（图 6-3-34）。

　　（2）对角线构图

　　对角线构图最具冲击力，动感最强。如选用得当，效果非常好

● 图 6-3-34　姐妹　苏澄　摄

（图 6-3-35）。

（3）三角形构图

三角形构图即一般的品字形构图，它的凝聚力很强，表现稳重、庄重的题材最适合（图 6-3-36）。

● 图 6-3-35 石榴 苏澄 摄

● 图 6-3-36 树上的佛 苏澄 摄

（4）散点构图

散点构图把物体布满整个画面，不刻意去突出某个物体，完全是自由松散的构图结构。但它通过疏密或色调去组织画面，使无序的画面置于有序之中（图 6-3-37）。

（5）曲线构图

曲线构图在静物摄影中较为少见，但它表现力很强，优美而富有韵味，往往用线条来体现（图 6-3-38）。

● 图 6-3-37 正午 苏澄 摄

● 图 6-3-38 梅花 苏澄 摄

（6）对比构图

对比是构图的一种表现形式，对比的应用极为广泛，如色彩对比、质感对比、大小对比、明暗对比等，能成功运用对比构图的作品多数效果不凡（图 6-3-39）。

以上列举的一些静物摄影构图方式都是最常见的形式，但在实际拍摄时一定不要以构图为先导，而是应仔细观察、感受对象，从感觉中体会画面应有的形式。事实上，无论采取何种形式。能恰当反映拍摄者感受的就是最合适的。

● 图 6-3-39 画室一角 苏澄 摄

重点提示

不论采用哪一种背景，都要注意控制背景的清晰度，使它与被摄主体形成适当的虚实对比。背景太实，容易削弱空间感，不利于突出静物；反之则难以表现出背景的特点。因此，在静物摄影中背景虚实程度的掌握也很重要。

实践训练

准备一些形状、大小不一的物品，在静物台上玩搭积木的游戏，尽量尝试不同的组合方式，拍出照片，仔细观察、分析这些照片，体会不同的构图给视觉造成了怎样的变化。

本章小结

提高摄影技巧的关键在于大量的实践，所有资深的摄影师都深谙一个道理：不停地观察，不停地按下快门。当你的照片再次塞满至少一个"T"的硬盘时，你的摄影肯定又上了一个台阶。

本章中所列举各种技巧、案例远没有涵盖摄影的大千世界，也并非不能打破的条规。你要做的是充分的实践、大胆的尝试，再加认真的总结。

思考与练习

详见本章各节"实践训练"。

第七章　数字图像处理

第一节　数字图像的一般处理

第二节　数字图像的特殊处理

学习目标（本章建议课时：8 课时）

知识目标：

- 掌握如何利用 Photoshop 进行影像的数字化加工处理。

能力目标：

- 能够熟练掌握 Photoshop 对于数字图像的一般处理方法。
- 能够利用 Photoshop 对数字图像进行一些特殊处理。

数字图像处理技术是当今数字拍摄工作中不可或缺的一部分，它可以帮助我们快速导入、处理、管理和展示图像。Adobe Photoshop 是 Adobe 公司旗下最为著名的图形图像处理软件之一，集图像扫描、编辑修改、图像制作、图像输入与输出于一体，其各种校正工具、强大的组织功能以及灵活的打印选项可以帮助我们加快图片后期处理速度。Photoshop 强大的图像修饰功能可以使我们将更多的时间和精力投入拍摄中去。

第一节　数字图像的一般处理

一、数字图像的裁剪和尺寸调整

1. 裁剪图像

① 打开 Photoshop 软件，选择裁剪工具。在照片内点击并拖拽鼠标，将被裁剪掉的区域会变暗（图 7-1-1）。

② 调整好裁剪框之后，在该边框外移动光标就能够旋转它。只要点击并拖动，裁剪框就沿着拖动的方向旋转（图 7-1-2）。

● 图 7-1-1　选择裁剪工具

● 图 7-1-2　旋转图片

③ 裁剪框调整到位后，按回车键裁剪图像（图 7-1-3）。

2. 用"三分法则"裁剪图像

"三分法则"是摄影师构图时使用的一种技巧。可以把从照相机取景器中所看到的图分为三份，然后定位地平线，使它位于想象中的顶部地平线或者底部地平线，然后把主体定位到这些线的中央交叉点。用"三分法则"裁剪图像，可以创建出更有感染力的图像。

具体步骤如下。

① 打开需要处理的图像文档。创建一个比打开的图像文档小的文档。如果原始图像的尺寸为 12×8 英寸，新创建的文档的尺寸为 8×6 英寸较好。

② 激活新建的文档后进入 Photoshop 的编辑菜单，从预置子菜单中选择"参考线、网格与切片"。在打开对话框的网格部分，在网格线间隔字段内输入"33.3"，从其右边的下拉列表内选择单位"毫米"。在子网格字段中，把默认设置"4"修改为"1"，之后点击"确定"按钮（图 7-1-4）。进入视图菜单，从显示的子菜单中选择"网格"。选择之后，在前一步中创建的非打印网格就显示在图像区域中，我们将用此进行裁剪（图 7-1-5）。

③ 到图像文档，切换到移动工具，点击需要编辑的图像，并把图像拖放到空白文档处。

● 图 7-1-3　裁剪好的图像

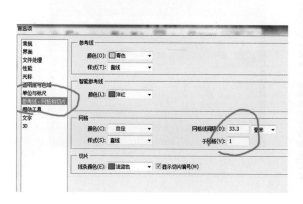

● 图 7-1-4　输入数值

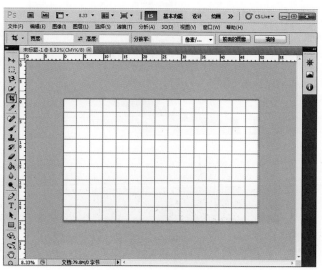

● 图 7-1-5　文件显示的非打印网格

④ 把图像的地平线定位到一个水平网格线上，一定要使焦点落在一个交叉点上，因为图像比新建的文档大，所以有足够的空间来定位图像（图 7-1-6）。

⑤ 最后可以裁剪掉图像的边缘。切换到裁剪工具，按回车键完成裁剪。回到"视图"菜单，从显示子菜单中取消选择网格，即可隐藏网格线。这样就得到一幅新的图像（图 7-1-7）。

● 图 7-1-6 将图像定位到水平网格

● 图 7-1-7 完成后的新图像

3. 将图像裁剪为指定尺寸

如果需要得到图像的标准尺寸，下面提供的技术就可以把照片裁剪到想要的大小（图 7-1-8）。

如果图像的尺寸是 15×10 英寸，想把它裁剪到 7×5 英寸。具体操作过程如下。

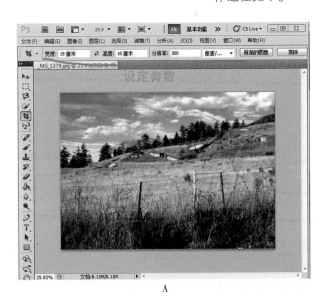

A   B

● 图 7-1-8 将图像裁剪为指定尺寸

①选择裁剪工具,在选项栏的左边会看到"宽度"和"高度"的字段。输入宽度和高度的大小和单位(英寸、厘米、毫米等),输入分辨率(像素/英寸)(图7-1-8A)。

②用裁剪工具在图像内点击,并拖动出一个裁剪框。拖动时边框会被约束为水平形状。无论取的边框是多大,该边框内的区域都变成7×5英寸的图像。

③裁剪框显示在屏幕上后,可以把光标移到边框内来重新定位裁剪框,也可以拖动边框位置,或是用键盘上的箭头键更准确地控制边框的位置。当裁剪框移动到位后,按回车键完成裁剪。裁剪的区域就变成7×5英寸(图7-1-8B)

4. 裁剪图像并保持相同的长宽比

①打开要裁剪的图像,按Ctrl+A(全选图像)组合键在这幅图像周围绘制选区。从选择菜单中选择"变换选区",只调整选区自身的大小,而不调整选区内的图像大小。

②按住Shift键并保持,抓住一个焦点向内拖,以调整选区大小。因为在缩放时按住了Shift键,所以长宽比保持完全相同。选区一旦接近所要的尺寸,把光标移到界框内之后点击并拖动,把选区定位到要裁剪的位置,再按回车键完成变换(图7-1-9),从图像菜单中选择"裁剪图像"(图7-1-10)。

● 图7-1-9　完成变换选区　　　　　　　　● 图7-1-10　选择"裁剪图像"

③一旦选择裁剪之后,图像就被裁剪到选区内的区域,再按Ctrl+D取消选择,裁剪后的图像与原始图像保持着相同的长宽比(图7-1-11)。

5. 调整数字图像的尺寸

数码照相机的默认设置所产生的图像通常是物理尺寸很大而分辨率很低(常为72dpi)。一般可以使用下述方法来降低数字图像的大小同时

● 图 7-1-11　裁剪后的图像保持和原图像相同的长宽比

● 图 7-1-12　显示标尺

提高它的分辨率，而图像质量没有任何降低。

① 打开需要调整大小的数字图像，再按 Ctrl+R，显示出 Photoshop 的标尺（图 7-1-12）。

② 从图像菜单中选择"图像大小"，打开"图像大小"对话框。在"文档大小"部分，分辨率设置是"72dpi"。该分辨率被认为是"低分辨率"，只适合在屏幕上观看。如果要从彩色喷墨打印机、彩色激光打印机或印刷机上获得高质量的输出，这样的分辨率就太低了（图 7-1-13 ）。

③ 如果打算把图像输出到任何打印设备上，则需要提高分辨率才能获得好的效果。只要在分辨率的字段上输入分辨率数字即可。一般设定为 200~300dpi。但是，这样重定图像像素会使低分辨率的图像变得模糊和像素化，因此我们需要关闭"重定图像像素"复选框。这时，输入我们所需要的分辨率设置时，Photoshop 就自动按照相同的比例向下调整图像的宽度和高度。宽度和高度变小之后（重定图像像素关闭），分辨率就增加。最重要的是图像质量没有降低（图 7-1-14 ）。

● 图 7-1-13　设定分辨率

● 图 7-1-14　适合打印的分辨率设定

当点击"确定"按钮时，从视觉上看不到图像窗口有任何变化，但是看一下标尺可以发现图像的尺寸发生了变化。

用这种技术调整图像大小实际上做了以下 3 项操作：

① 物理尺寸变小。

② 提高了图像的分辨率，完全可以进行打印输出和印刷输出。

③ 图像一点都没有变得模糊或像素化，图像质量保持不变，这些都是因为关闭了重定图像像素复选框的缘故。

重点提示

关闭重定图像像素复选框只适合于用数码照相机拍摄的图像，而不适合于处理用扫描仪扫描所得到的图像。因为扫描仪扫描的图像一开始就是高分辨率图像。

6. 缩小图像的尺寸

要缩小数字图像时，我们要注意以下问题来尽可能地保持图像质量。

① 缩小分辨率已经是 300dpi 的照片。

打开"重定图像像素"复选框，输入想要的尺寸后点击"确定"按钮。该图像会缩小尺寸，分辨率保持 300dpi。当用这种方法缩小时，图像很可能变得有点柔和。因此在缩小以后，可能要应用"USM 锐化"滤镜恢复调整尺寸过程中所损失的锐度。

② 使一幅照片缩小而不缩小整个文档。

如果在同一个文档中使用多个图像，调整各图像大小时和单个图像的调整有一点不同。要缩小某个图层上的图像，首先点击图层控制面板上该图像上的图层，然后，按 Ctrl+T 打开"自由变换"。按住 Shift 键并保持角点向内拖动。调整到位后按回车键。如果图像调整尺寸后看起来变得柔和则可以应用"USM 锐化"滤镜来解决。

③ 文档之间拖动时的大小调整问题。

不同文档之间拖动时，两个文档一定要处于相同的视图尺寸和分辨率状态下。

二、数字图像颜色的校正

从数字技术出现以来，数码照相机拍摄的图像都会有些偏色。如果数码照相机拍摄的图像有 50% 的机会能给出正确的颜色就非常理想了。以下就是校正颜色的方法。

在进行数字图像的颜色校正前，需要修改 Photoshop 中的两个参数，以便能够更好、更精确地进行校正，这一步非常重要。

1. 在工具箱中点击吸管工具

① 吸管工具的默认取样大小设置可用于用吸管从图像中读取一种颜色，把它用作前景色。

做颜色校正时，要读取的颜色为吸管下的区域，而不只是该区域内的某个像素。这样就需要进入"选项"栏，从"取样大小"下拉列表中选择"3×3 平均"。这将改变吸管为你提供的读取区域内 3×3 像素范围内的平均值（因为照片色是由不同颜色像素组成的，而不是单个像素的颜色）。

② 配置 Photoshop 进行颜色校正。专业人员一般首先把桌面改为中性灰色。因为如果采用彩色背景，被处理图像背后的彩色图像会改变操作者对颜色的感知。得到中性灰色校正背景后，点击工具箱底部的中间按钮。更快捷的方式是在键盘上按一次"F"键，可以立即把图像定位到屏幕的中央，在图像的周围放置中性灰色背景。这种视图模式称为"带有菜单栏的全屏模式"。

2. 进行颜色矫正

① 打开需要进行颜色校正的图像，进入图像菜单，从"调整"菜单下选择"曲线"，因为曲线提供的控制比较灵活。

② 在"曲线"对话框中设置一些参数，以便在颜色校正时可以得到想要的结果。先为阴影区域设置目标颜色。要设置该参数，请在"曲线"对话框中双击"黑场吸管"工具，弹出的拾色器会提示"选择目标阴影颜色"。输入值后，将删除照相机拍摄时在图像阴影区内引入的偏色。

③ 在对话框的 R、G、B 字段内输入值：R=20、G=20、B=20，点击"确定"按钮。这些数字均匀平衡呈中性，能够保证阴影区不会过多地出现某一种颜色，使阴影区保持足够的细节。

④ 使高光区域变为中性。双击白色吸管工具。拾色器要求"选择目标高光颜色"。点击"R"字段输入 R=244、G=244、B=244，然后点击"确定"按钮把这些设置为高光颜色值。

⑤ 设置中间调参数：R=133、G=133、B=133，然后按"确定"按钮，把这些值设置为中间调颜色值。

⑥ 需要找到图像中黑色的区域。如果找不到黑色的区域，则必须确定图像中的哪个区域是最黑的。如果不能确定哪一个部分最黑，可以使用以下的技巧：

转到图层控制面板，点击其中"半黑 / 半白"图标，打开"创建新的调整图层"弹出菜单，并从该菜单中选择"阈值"。"阈值"对话框弹出后，一直拖动（向左）直方图下方的"阈值"色阶滑块，这时图像完全变成白色。然后，慢慢地向右拖回滑块。在拖动的过程中，可以看到图像的一些内容又显示出来。最早出现的区域就是图像中最黑的部分。点击"确定"按钮关闭"阈值"对话框。

在工具箱中的吸管工具上点击并保持,从弹出菜单中选择颜色取样器工具。在最黑的区域上点击一次颜色取样器,并标识这个点。

⑦ 使用同样的阈值技术查找高光区域。选择颜色取样器工具,在最亮区域点击一次,把它标识为高光点。转到图层控制面板,在图像上可以看到两个目标标记。按 Ctrl+M 打开"曲线"对话框。从"曲线"对话框底部选择"黑场吸管工具",在图像上最暗部的目标中心点上点击一次。阴影区域就被校正。

⑧ 切换到高光吸管工具,直接在图像中的高光目标中心点上点击一下,把它设置为高光。这将校正高光颜色。

⑨ 在"曲线"的网格中,点击"曲线"的中央,把它向上拖一点,以加亮图像的中间调,调整好以后点击"确定"。选择选项栏中的"清除"按钮,删除图像上的两个颜色取样器目标。

3. 拖放图层的方法校正颜色

利用拖放图层的方法校正颜色主要用在快速校正一组在相同光源条件下拍摄的图像,例如在摄影棚里、在灯光光源下或在室外阳光下拍摄的同一组图像。

① 在文件浏览器里点击需打开的所有图像,如这些图像是连续的则可以按住 Shift 键打开(图 7-1-15)。

② 在"图层控制"面板的底部有一个"添加调整图层"的弹出菜单,点击后选择"曲线"。以图层方式应用这种校正方法的优点是在任何时候都可以编辑或删除所作的色调调整,并且可以把这种调整作为图层与文件一起保存(图 7-1-16)。

● 图 7-1-15 点击打开文件

● 图 7-1-16 点击菜单选择"曲线"

③ 如果把调整图层拖放到另外一幅图像上去，同样的校正会立即用到另一幅图像上（图 7-1-17）。

④ 拖放校正后，如果某张图像看上去不适合的话，只要直接双击该图像的调整图层缩览图，就会再次打开"曲线"对话框，其中保留有上次应用的设置，可以改变这种设置，以符合需要。使用这种技术可以大大节约时间（图 7-1-18）。

● 图 7-1-17　将调整图层拖放至另一图像

● 图 7-1-18　调整图层的修改

4. 利用自动颜色校正

Photoshop 先前已经有了两种自动颜色校正工具：自动色阶和自动对比度。现在新版本中又多了一种自动颜色，它的效果比前两种好得多。

用自动颜色基本上会使图像内的高光、中间调和阴影区域都变为中性，在某些情况下它的效果很好。

用自动颜色后，可以使用"渐隐自动颜色"的命令来调整图像。"效果渐隐"对话框弹出后，可以向左拖动不透明度滑块。以降低自动颜色效直到满意为止。

三、彩色图像的黑白处理

1. 使用明度通道进行彩色与黑白的转换

把彩色图像转换成黑白图像最简便的方法之一就是使用明度通道。因为它可以只隔离出图像中的亮度，分离掉颜色，这样做常常可以得到很好的灰度图像。

另外，使用这种方法还能添加一些调整，使我们能调整出完美的灰度图像。

① 打开要处理的 RGB 图像。

② 在"图像"菜单中的"模式"子菜单中选择"Lab 颜色"，把图像

从 RGB 模式转换为 Lab 模式；转到"通道"控制面板，此时图像已经不再是由 R、G、B 三个通道组成，明度通道已经从颜色数据中分离出来。

③ 点击"通道"控制面板上的"明度"通道，屏幕上的图像看起来就是灰色的。

④ 进入"图像"菜单，从"模式"菜单中选择"灰度"。系统会问你是否要扔掉其他通道。点击"确定"，这时"通道"控制面板上就只有灰度通道了。

⑤ 进入"图层"控制面板，点击"背景"图层，按 Ctrl+J 创建背景图层的副本。如果图像太暗，将图层混合模式从正常改为滤色，图像会变亮。如果图像太亮，则选择"正片叠底"模式。

⑥ 要进一步把图像调整到理想的色调可以调整该图层的透明度，直到色调符合你的要求为止。

2. 用通道混合器产生更好的黑白照片

① 打开需要转换为黑白图像的彩色图像文档。从"图层"控制面板底部的"创建新的调整图层"弹出菜单中选择"通道混合器"。

② 打开"通道混合器"对话框底部的"单色"复选框，使这些通道混合为灰度。然后可以使用 3 个颜色滑块以一定的百分比组合各个通道，创建灰度图像。

③ 混合这些通道时，可以使它们的数量等于 100，利用这条规则可以自由地调整这些值按钮。调整时也可以不遵守这条规则，从而创建出很好的对比度。最后点击"确定"即可。

四、数字图像的修正

1. 校正曝光不足照片的简单方法

① 打开曝光不足的图像；按 Ctrl+J 创建背景图层的副本，在新图层上将混合模式从"正常"修改为"滤色"。

② 如果图像曝光不足，可以再次按 Ctrl+J 创建滤色图层的副本，直到曝光看起来准确为止。

2. 图像的减淡和加深

① 打开需要进行处理的图像。

② 从"图层"控制面板的菜单中选择"新建图层"，新建图层对话框弹出后，把模式修改为"叠加"。然后，选择其下方的"填充叠加中性色"（50% 的灰），点击"确定"。

③ 使用画笔工具在选项栏中，点击"画笔"右面的缩略图，选择中等尺寸的柔角画笔，把画笔工具的明度改为 30%。

④ 按字母 D 并把前景色的颜色改为白色，然后开始在要加亮的区域绘图，图像就会变亮。

⑤ 按字母 D 并把前景色的颜色改为黑色，使用画笔工具在图像亮区进行绘制使亮区变暗。

3. 消除红眼

① 打开一张有红眼问题的图像。选择缩放工具，放大图像中的眼睛。在工具箱中选择红眼工具。

② 只要在眼睛的红色上点击一两次，红色就会消失。

4. 纠正镜头所产生的图像变形

（1）透视扭曲的纠正

① 进入"滤镜"菜单，从"扭曲"菜单中选择"镜头校正"。弹出对话框后，关闭"显示网格"复选框，转到变换部分。把垂直透视滑块向右拖动，直到景物看上去垂直为止。执行该校正时滤镜会把图像顶部的三分之一处向内压缩。这时图像的顶部会留有透明的间隙。

② "变换"部分底部的"边缘"下拉列表可以决定怎样处理透视修复所产生的这些边缘"间隙"。从下拉列表中选择"边缘扩张"，会扩展照片的边缘区域，覆盖这些间隙，点击"确定"，应用校正。

③ 使用仿制图章工具或修复画笔工具做一些图像的清理工作，也可以隐藏扩展所常见的拉伸区域（图 7-1-19）

A. 校正前

B. 校正后

● 图 7-1-19　纠正透视扭曲

（2）桶形扭曲的纠正

① 桶形失真是图像看上去中心部分有膨胀呈圆形的感觉。使用"镜头校正"滤镜，将扭曲滑块慢慢地向右拖动，图像从中央向内"收缩"以消除膨胀的感觉。

② 点击"确定"，校正的边缘周围会留下间隙，使用裁剪工具重新裁剪图像。

（3）校正梯形失真

通常使用裁剪工具校正梯形失真。

① 点击图像左边的标尺拖动一条参考线放到图像上（放在左侧）。

② 使用 Ctrl+T。按住 Ctrl 键，向左上方拖动边界框的左上角点，使景物的左边与参考线对齐或平行为止。用同样方法调整右上角点。调整满意即可。

5. 消除多余的对象

使用仿制图章工具消除多余的对象。尽管现在有修复画笔工具和修补工具，但是仿制图章工具仍然是完成该项工作最好的工具。

6. 使用抽出滤镜技术消除背景

① 打开需要处理的图像，从滤镜菜单中选择"抽出"。

② 打开"抽出"对话框，选择"边缘高光"工具，描绘出要抽出的对象边缘。描绘时，要保持记号边框一半在背景上，一半在要抽出的对象上。

③ 描绘的区域很精细时使用小画笔尺寸，反之，要使用大画笔尺寸。

④ 绘制好高光器边缘之后，切换到填充工具，在绘制的高光器边缘边框内点击一次，用蓝色色调填充边框内部。

⑤ 确保边框的侧边或底部没有任何缝隙，点击预览按钮查看抽出效果。

⑥ 如果效果满意，点击"确定"按钮。图像会显示在可编辑图层上。

⑦ 进行"校正"。如果看到图像上有缺失，创建该图层的副本（按 Ctrl+J），选择"历史记录画笔工具"，在缺失的部分上画图，很快就能修复缺失的内容。

第二节　数字图像的特殊处理

使用 Photoshop 图像处理技术，创建出各种特殊的效果。

一、数字图像的合成

① 打开合成图像的基础图像，该图像为拼合背景。打开要与背景图像拼合的第一幅图像。使用工具箱上的移动工具，点击图像并把它拖放到背景图像上。选择工具箱中的渐变工具。

② 打开渐变选择器。选择黑色、白色渐变，在想让图像成为透明区域的点上点击渐变工具并拖动它，拖动到需要 100% 不透明图像的位置为止。释放鼠标后，最上面的图层中的图像将平滑地混合，实现从纯图

像到透明的过渡。

③ 打开另外一幅图像，使用移动工具，点击该图像，把它拖放到正在拼合的图像上面。点击图层控制面板底部的"添加图层蒙版"图标，向这个新的图层添加图层蒙版。点击渐变工具，向左拖到一定的位置，使这幅新的图像与其他图层混合。释放鼠标以后就会出现纯图像到透明的渐变。

④ 如果拼合的位置不太满意，可以使用移动工具拖动图像，直到你对边缘接合处满意为止。如果想调整混合，可使用画笔工具，选择一支大型柔角画笔，在图像上绘图即可。

二、数字图像的拼接

1. 手工拼接全景图

在 Photoshop 中拼接全景图很简单，只要在拍摄时注意**使用三脚架保持照相机的水平。并且当拍摄每一段的图像时，一定要使下一段图像至少与前一段的图像有 20% 的交叠。**

① 打开要拼接的 3 幅图像中的第一幅图像。

② 在图像菜单中，选择"画布大小"。如果第一幅图像的宽度为 5 英寸，要把 3 幅图像拼合在一起则需要增加足够的空白画布，以便能容纳下另外的 2 幅同样大小的图像，因此一定要打开"相对"复选框。在宽度设置中输入 10 英寸。为了把增加的这些空白画布添加到第一幅图像的右边，应使用定位网格。在定位网格中点击左边中间的方格，然后将画布扩展颜色下拉列表修改为白色。

③ 点击"确定"按钮，大约 10 英寸的白色画布就被添加到图像的右边。

④ 打开全景图的第二幅图像；选择工具箱中的移动工具，点击第二幅图像，把它拖放到第一幅图像的边上，拖放时应注意让它与第一幅图像有一点交叠（可以放大一点，以便看清 2 幅图像的交叠情况）。转到"图层"控制面板，把第二幅图像图层的不透明度降低到 50%。这样可以透过顶部图层看到它下方的图层中的图像，使得两幅图像对齐变得很容易。

⑤ 如果不能很好地对齐目标对象，可以把不透明度恢复到 100%，在"图层"控制面板内，将图层的混合模式由"正常"修改为"差值"。使用键盘上的箭头键使两幅图像中的目标对齐，只要还能看到交叠部分的颜色，就说明还没有对齐。

⑥ 继续用箭头键移动图像，直到交叠处变为黑色为止，变为黑色时表明交叠中心区域上下两幅图像（即两个图层）已对齐。

⑦ 再转到"图层"控制面板，把混合模式修改为"正常"。这时就能

看到拼合后的效果。现在这两幅图像已经拼合得像一幅图像一样了。

⑧ 在拼合部分出现一条硬边时，可使用橡皮擦工具并点击选项栏中画笔的缩览图。选择一支200像素大小的柔角画笔，轻轻地擦除这条硬边。由于两幅照片是相互交叠的，在交叠的部分擦除边缘时，上方的图像与下方的图像就会成为无缝的拼合。

⑨ 现在打开要拼合的第三幅图像，使用同样的技术，将图像拖放到全景图上。

⑩ 3幅图像拼合后，全景图的右边还有一些空白的画布。使用"图像"菜单，选择裁剪工具，打开"裁剪"对话框，由于我们不再需要图像的右边的白边，因此在对话框中在"基于"下面选择"右下角像素颜色"。这样将裁剪掉图像之外与右下角白颜色相同的所有内容。

2. 用 Photomerge 自动拼接全景图

如果在拍摄期间已经配置好全景图，也就是说在拍摄时使用了三脚架，并且每幅图像之间有 20%~30% 的交叠，则可以使用 Photoshop 新的 Photomerge（照片拼合）功能自动拼接全景图像。如果是采用手持照相机进行拍摄，也可以使用 Photomerge 知识，但必须手工完成大部分工作。

① 打开要拼接的所有图像，一定要按拼接顺序依次打开所有的图像。

② 进入 Photoshop 的文件菜单，从"自动"子菜单中选择 Photomerge。这时会弹出一个对话框，它会问要把哪些文件组合成一幅全景图。已经打开的所有图像文档均显示在窗口内，这时可以选择窗口内的文件。

③ 打开"尝试自动排列源图像"复选框，然后点击"确定"按钮。如果全景图像拍摄准确，Photomerge 功能通常会把它们无缝地拼接到一起。

④ 拼接时如地平线倾斜，可在工具箱中点击"度量"工具，并沿着地平线向右拖动。进入"图像"菜单，从"旋转画布"子菜单中选择"角度"，打开"旋转画布"对话框，角度量已经计算出来，只要点击"确定"按钮，即可拉直全景图。

⑤ 拉直后的全景图最后需要进行裁剪，裁剪是拼贴工作的一部分。选择裁剪工具，把多余部分裁剪掉。按回车键应用裁剪。

⑥ 再进行一次锐化。进入"滤镜"菜单，从"锐化"子菜单中选择"智能锐化"，可以试试 60% 的数量和 1 像素的半径设置。点击"确定"按钮。

全景图拼接的最佳状况是每一段的图像之间有足够的交叠量，这样拼接起来就不会有多大的问题。如果自动拼接遇到警告对话框，说明自动拼接无法完成，需要使用手动拼接。

3. 用匹配颜色校正全景图曝光问题

拍摄全景图时，使用照相机上的自动曝光模式，会使每一段的图像曝光不相同，拼接后的全景图会产生一段亮一段暗的问题，以及明显的接缝。解决这个问题的办法就是进行准确测光。使用手动曝光的办法，几幅拼接照片拍摄时的曝光应该统一。同时，也应尽可能使用手动调焦。如果没有这样做，可以在 Photoshop 中进行校正，操作如下。

① 打开全景图的各段图像。点击存在曝光问题的图像段进入"图像"菜单，从"调整"子菜单中选择"匹配颜色"。

② 在对话框的下拉列表中选择需要匹配的图像文件，在屏幕中会立即看到色调匹配的效果，可以使用颜色浅度滑块进行拖动，一直到两幅图像匹配一致为止。

③ 点击"确定"按钮，两段图像的色调就能很好地匹配。

重点提示

在用 Photoshop 软件处理作品时，要把握好两点：一是不漏痕迹是最高境界，图片的处理要符合自然规律和视觉习惯；二是根据内容和需要来处理图片，虽然有"只有想不到，没有做不到"的说法，但还是应该"有的放矢"才行，要预先想象出最终的处理效果。

本章小结

本章节以照片为实例，深入浅出地介绍了有关 Photoshop 数字图像处理的相关知识，熟练掌握这一数字图像处理软件对于数字摄影的学习将起到如虎添翼的作用。

思考与练习

1. 在你的计算机上下载并安装最新版本的 Photoshop。

2. 熟悉操作界面，如菜单栏、工具箱选项等。

3. 尝试用 Photoshop 编辑修饰你以前所拍的图片。

参考文献

1. 张宗寿，彭国平 . 大学摄影基础教程（3 版）. 杭州：浙江摄影出版社，2009.

2. 刘智海 . 基础摄影 . 上海：上海人民美术出版社，2007.

3. 百度百科 http://baike.baidu.com

4. 蜂鸟网 http://www.fengniao.com